Meinen Lesern

Heinz G. Konsalik

Heinz G. Konsalik

WILDER WEIN

ROMAN

GOLDMANN VERLAG

Originalausgabe

Der Goldmann Verlag
ist ein Unternehmen der Verlagsgruppe Bertelsmann

Made in Germany · 9. Auflage · 4/92
© 1981 bei Autor
und AVA Autoren- und Verlagsagentur, München/Breitbrunn
Umschlagentwurf: Design Team München
Umschlagfoto: Leddin / ZEFA, Düsseldorf
Satz: Compusatz GmbH, München
Druck: Elsnerdruck, Berlin
Verlagsnummer: 8805
MV · Herstellung: Sebastian Strohmaier/Sc
ISBN 3-442-08805-4

Eine wundervolle morgendliche Sommersonne schien durch das schräge Glasdach in den weiten Raum und tauchte alles in ein freundliches Licht. In ihren Strahlen tanzte der Staub. An den Wänden lehnten Gemälde, die aufzuhängen sich noch niemand die Mühe gemacht hatte. Pinsel und Farbtuben, halb ausgedrückt, lagen herum. Den Platz auf einer alten Couch, die schräg unter dem breiten Fenster stand, nahmen einige vollgekleckste Paletten ein. Der Boden war schmutzig, er hätte längst wieder einmal eine Behandlung mit dem Schrubber vertragen. Den Mittelpunkt des Raumes bildete eine verhängte Staffelei.

Dies alles stellte in seiner Gesamtheit – der Leser mag es schon erraten haben – das Atelier eines Malers dar, dem es noch an der nötigen Berühmtheit fehlte; eines unbekannten jungen Malers also.

Sein Künstlername lautete Frédéric Bruhère. Dafür, sich ein Pseudonym zuzulegen, hatte es einen zwingenden Grund gegeben. Der junge Mann hatte nämlich einen wahren Geburtsfehler, und zwar war er als Sohn eines gewissen Fritz Brühe auf die Welt gekommen, der ihm seinen vollen Namen ins Leben mitgegeben hatte. Eine Katastrophe!

Fritz Brühe…

Dieser Name wäre schon für einen Suppenfabrikanten problematisch gewesen, geschweige denn für einen Maler.

Botticelli, Tintoretto, Raffael, Leonardo da Vinci – *das* sind Namen für Maler!

Oder Velasquez, Goya, Cézanne!

Auch noch Holbein der Ältere und Jüngere oder Albrecht Dürer, obwohl...

Obwohl Albrecht, offen gestanden, natürlich schon keinen Vergleich beispielsweise mit Leonardo aushält.

Solche Überlegungen waren es, die Fritz Brühe jun. am Beginn seines Malerlebens angestellt hatte, und so war dann eben ein Frédéric Bruhère aus ihm geworden.

Außerdem befleißigte sich der Jüngling, fortan im Stil eines Bohemiens zu leben. Er gewandete sich entsprechend, trug ausgefallene Kleidungsstücke und lange Haare, wenn die anderen kurz geschoren gingen – und umgekehrt. Die Baskenmütze auf seinem Kopf wurde zum Markenzeichen, dies freilich nur in seiner eigenen Einbildung. Ein echter Bohemien leidet auch nicht an Verfettung, ihm kracht vielmehr meistens der Magen, und gerade davon konnte Frédéric Bruhère alias Fritz Brühe auch ein Lied singen.

Frédéric Bruhère...

Der Name konnte sich hören lassen, nur, es nahm niemand Notiz davon. Die Bilder, welche die Leute hätten kaufen sollen, blieben nach wie vor liegen. Von irgendwas mußte der junge Mann jedoch leben, deshalb malte er Firmenschilder und ähnliches. Ein Trost war ihm die Verachtung, mit der er die Welt strafte, in welcher nur Banausen lebten.

Zwischendurch schuf er – meistens nachts – künstlerische Bilder nach seinem Geschmack und stellte sie zu den anderen, die schon an den Wänden lehnten. Wenigstens weiß ich dadurch, dachte er oft, was van Gogh empfunden haben muß.

Heute nun lag Fritz Brühe, das verkannte Genie, im Bett und blinzelte in die Sonne. Es eilte nicht mit dem Aufstehen, ihn erwartete niemand, er hatte keine Pflichten, er hatte keine Aufträge – auch Schilder waren im Moment keine zu malen. Darüber war Fritz bzw. Frédéric einerseits froh, denn diese Arbeit kotzte ihn, den Künstler, an; andererseits bildete sie seinen Broterwerb, und deshalb bestand Grund zur Sorge, wenn solche Aufträge ausblieben.

Wenigstens sieht es, sagte sich der in die Sonne blinzelnde junge Mann, danach aus, daß der Tag heute herrlich wird. Man kann am Rhein sitzen, die Beine baumeln lassen und den Schleppern zusehen, die träge stromaufwärts und etwas munterer stromabwärts ziehen. Manchmal kommt auch ein Personenschiff mit fröhlichen Menschen vorbei, denen man zuwinkt; sie winken zurück, blicken hinauf zum Ehrenbreitstein, zu allen grünen Hügeln des Rheintales.

Koblenz ist eine schöne Stadt, wenn man Geld hat, dachte Fritz und kletterte gähnend aus seinem Bett, schlurfte zu seinem elektrischen Kocher, stellte einen Topf mit Wasser auf, gähnte noch einmal herzhaft, fuhr sich durch die wirren Haare und griff zur angebrochenen Zigarettenpackung auf dem Tisch. Dieser Wahnsinn, schon auf nüchternen Magen eine zu rauchen, ist vielen Männern eigen.

Der Griff war erfolglos, in der Packung fand sich keine Zigarette mehr. Dadurch erhöhte sich die Sorge des jungen Mannes schlagartig noch mehr, gerade, als ob er kein einziges

Stück Brot in seiner Bude mehr vorgefunden hätte – womit ohnehin zu rechnen war.

»Scheiße!« sagte er laut zu sich selbst und warf die unschuldige leere Packung zornig auf den Boden, stieß sogar mit dem Fuß noch einmal nach ihr. »Wie komme ich jetzt an Zigaretten?«

Die Frage war scheinbar so schwierig, daß er sie sich nicht beantworten konnte; denn er schwieg. Doch dann brummte er: »Rembrandt hatte es leichter, denn damals war das Rauchen in Europa noch unbekannt.«

Ob das stimmte, hätte er nicht einmal sagen können. Es sollte jedenfalls ein grausamer Witz sein.

Er faßte den Entschluß, sich zu waschen, und zog die Schlafanzugjacke aus. Er kehrte dabei der Tür den Rücken zu.

In diesem Augenblick klopfte es.

·Nanu, fragte er sich, wer kann das sein mitten in der Nacht?

Leute wie er denken in solchen Momenten meistens an den Gerichtsvollzieher. Aber selbst Gerichtsvollzieher kommen nicht »mitten in der Nacht«.

Fritz blickte auf die Uhr. Halb neun, dachte er, die Polizeistunde ist absolut verkehrt eingerichtet; sie müßte nicht dazu da sein, daß die Menschen nachts nicht zu spät ins Bett kommen, sondern dazu, daß morgens nicht zu früh aufgestanden werden darf.

Es klopfte noch einmal. Fritz Brühe hörte auf, neue, umwälzende volkswirtschaftliche Theorien zu entwickeln, und krächzte, ohne sich umzudrehen: »Herein!«

8

Die Tür ging auf, und eine fette Stimme sagte nicht unfreundlich: »Guten Morgen.«

Frédéric Bruhère hatte Erfahrung: Das war nicht das Organ eines Vollzugsbeamten.

Es konnte ihm demnach leichter fallen, sich umzudrehen, und er tat es.

Im Raum stand ein dicker, großer Mann, der sich erstaunt umschaute. Sein rotes Gesicht und seine ins Bläuliche gehende Nase erweckten nicht den Eindruck, daß er mit Speis und Trank auf dem Kriegsfuß stand – im Gegenteil. Auch ein enormer Bauch, den er besaß, ließ darauf schließen, daß schon mancher leckere Bissen und viele edle Tropfen in ihn versenkt worden waren.

»Guten Morgen«, sagte der Femde noch einmal und setzte, mit einem Nicken zum nackten Oberkörper Frédérics, hinzu: »Ich störe wohl?«

»Guten Morgen«, erwiderte Frédéric Bruhère. »Ob Sie stören, hängt davon ab, was Sie wollen.«

»Ein Bild.«

»Ein Bild?!« sagte der Maler rasch. »Dann sind Sie willkommen. Bitte, nehmen Sie Platz.«

Er zeigte auf einen alten, wackeligen Stuhl, den einzigen im Raum. Daneben gab es nur noch einen Hocker ähnlichen Zustandes.

»Wer sind Sie?« fuhr der Maler fort.

Der Fremde setzte sich vorsichtig. Nachdem ihm dies gelungen war, antwortete er: »Mein Name ist Selzer. Baptist Selzer. Ich bin Winzer aus Wehlen an der Mosel.«

Er verstummte und wartete auf einen Ausruf der Begeisterung aus dem Munde des Malers. Als ein solcher nicht vernehmbar wurde, fragte er: »Kennen Sie den Ort?«

»Nein.«

Daher also, dachte der Winzer und fuhr fort: »Unsere Weine sind berühmt.«

Der Maler konnte nicht umhin, sich zu einem Eingeständnis zu zwingen, das ihn in den Augen eines Winzers fast vernichten mußte.

»Ich bin Biertrinker, Herr Selzer.«

»Kommen Sie aus Bayern?«

»Nein.«

»Woher dann?«

»Wenn ich Ihnen das sage, Herr Selzer, wollen Sie kein Bild mehr von mir haben.«

»Nun bin ich aber neugierig. Woher denn?«

»Aus Rüdesheim.«

»Aus Rüdesheim?!« schrie der Winzer auf.

»Ja.«

»Und dann sind Sie Biertrinker?!«

»Sehen Sie, ich bleibe auf meinem Bild sitzen, das habe ich geahnt.«

»Das wäre auch die richtige Strafe für Sie«, sagte Selzer, den das deprimierte Gesicht des Malers zum Lachen reizte. »Aber ich will mal nicht so sein. Es bleibt bei meinem Auftrag.«

»Auftrag?«

»Ja.«

»Ich soll Ihnen ein Bild neu anfertigen?«

»Sicher, was dachten Sie denn?«

»Daß Sie sich hier eines aussuchen wollen unter denen, die ich schon vorrätig habe.«

Baptist Selzer machte eine wegwerfende Handbewegung.

»Ich denke nicht daran, ich will individuell bedient werden.« Er klopfte zweimal dort auf sein Jackett, wo die Brieftasche stecken mußte. »Meine Mittel erlauben mir das.«

»Selbstverständlich«, beeilte sich Frédéric Bruhère alias Fritz Brühe zu versichern. »Ich male Ihnen jedes Bild, das Sie haben wollen. Sie denken wohl an ein Porträt?«

»Ein Porträt?«

»Ja, von Ihnen.«

»Von mir?«

Am Tonfall des Winzers merkte der Maler, daß er auf dem falschen Dampfer war. »Oder von Ihrer Frau«, sagte er.

»Weder – noch«, lautete die Antwort, die den Maler überraschte. »Ich sagte Ihnen, ich bin Winzer, und ich möchte, daß Sie meinen Weinberg malen.«

Warum nicht, dachte Frédéric Brühe... nein, Fritz Bruhère... nein... ist ja egal. Er dachte jedenfalls: Warum nicht, für dein Geld bemale ich dir deinen Hintern mit deinem Weinberg.

»Hoffentlich haben Sie ein gutes Foto mitgebracht«, sagte er.

»Ein Foto?«

»Ja.«

»Von wem?«

»Von Ihrem Weinberg.«

»Ach«, erkannte der Winzer, »Sie wollten den von einem Foto abmalen?«

»Sicher, Herr Selzer, ich brauche doch eine Vorlage.«

»Ich habe mir gedacht, die sollen Sie in natura haben.«

»In natura?«

»Ich lade Sie ein, nach Wehlen zu kommen, bei mir zu wohnen und zu essen und das Bild anzufertigen. Wie stellen Sie sich dazu?«

Küssen könnte ich dich, du Dickwanst, dachte der Maler, aber das wäre die falsche Taktik. Man muß sich teuer verkaufen.

»Herr Selzer«, sagte er, »das ist nicht so einfach...«

»Warum?«

»Zeitlich, meine ich.«

»So?«

»Ich habe auch noch andere Aufträge.«

»Der meine wäre aber eilig.«

»Das sind sie alle, Herr Selzer.«

»In drei Wochen ist die Jahrhundertfeier des Winzervereins. Dazu muß ich das Bild haben.«

»In drei Wochen?«

»In knapp drei Wochen sogar.«

Frédéric Bruhère seufzte.

»Wie stellen Sie sich das vor, Herr Selzer?«

Der dicke Winzer richtete sich ein wenig auf, was zur Folge hatte, daß der wackelige Stuhl knarrte. Es sah aus, als ob Selzer sich erheben wolle und die Unterredung für ihn beendet sei. Das ging aber dem Maler durch und durch.

»Warten Sie«, stieß er hervor, die Hand an die Stirn legend, um scharf nachdenken zu können. »In drei Wochen, sagten Sie?«

»Knapp drei Wochen.«

»Eine verdammt kurze Zeit, aber…«

Er verstummte, sich bei geschlossenen Augen die Stirn reibend.

»Aber«, sagte er rasch, als er den Stuhl ein zweites Mal knarren hörte, »ich könnte Ihren Auftrag vielleicht vorziehen und dafür das Porträt des Abgeordneten…«

»Was zahlt Ihnen der?« fiel zupackend der Winzer ein.

»Zweitausend«, antwortete kühn Frédéric Bruhère, als der sich der Maler in diesem Augenblick ganz und gar empfand. Als Fritz Brühe hätte er sich mit der Hälfte begnügt.

Zweitausend, das war viel. Die Bauernseele des Winzers rebellierte.

»Zweitausend?« brummte er mißmutig.

Frédéric Bruhère nickte mit einer Miene, in die Vorwürfe gegen sich selbst geschrieben standen, sich so billig verkauft zu haben.

»Aber ohne Kost und Logis zahlt Ihnen der das«, sagte Selzer, sich dem Zwang ausgesetzt sehend, nicht unter zweitausend gehen zu können. »Ich zahle Ihnen das gleiche – *mit* Kost und Logis! Zählt das nicht?«

Fritz Brühe hätte am liebsten einen Indianertanz aufgeführt. Frédéric Bruhère jedoch sagte gemessen: »Ich bin mit Ihnen einverstanden, Herr Selzer. Die Arbeit im Freien wird einen gewissen Reiz auf mich ausüben. In der letzten Zeit war ich immer nur ans Atelier gefesselt. Wann soll ich mich nach Wehlen begeben?«

»Möglichst bald. Wenn's geht, morgen schon.«

»Gut. – Noch eine Frage, Herr Selzer…«

»Ja?«

»Wie sind Sie auf mich gekommen?«

»Sie wurden mir empfohlen.«

»Empfohlen? Von wem?«

»Vom Wirt Ihres Stammlokals hier in Koblenz, in das ich zufällig geraten bin. Ich kam mit ihm ins Gespräch. Sie wissen ja, er hat Bilder von Ihnen an den Wänden hängen. Eins gefiel mir besonders.«

»Welches?«

»Die drei Zechbrüder beim Wein. Deshalb fragte ich nach Ihnen. Der kann was, sagte ich mir, und wird trotzdem nicht zu teuer sein, da mir seine Bilder an den Wänden verraten, auf welche Weise er seine Schulden beim Wirt abträgt. Ich hatte an fünfhundert Mark für meinen Auftrag gedacht.«

Herr Selzer erhob sich seufzend.

»Aber«, fuhr er fort, »da kam mir ja nun ein Abgeordneter in die Quere. Darf ich fragen, von welcher Partei?«

Baptist Selzer blickte den jungen Maler in aller Naivität an. War diese nun gespielt oder nicht? Nur er selbst hätte es sagen können.

»Von welcher Partei, Herr Selzer?«

»Ja, das würde mich interessieren.«

»Er hat es mir noch nicht gesagt. Warum würde Sie das interessieren?«

»Weil er so mit dem Geld herumwirft – mit dem Geld von uns Steuerzahlern.«

Der Winzer ging zur Tür, wobei er hinzusetzte: »Sie finden mich in Wehlen ohne Schwierigkeiten. Jeder kennt mich.«

Dann fiel ihm noch etwas ein.

»Eine kleine Bedingung möchte ich allerdings noch mit meinem Auftrag verbinden...«

»Welche?«

»Während Ihrer Zeit bei mir in Wehlen wird von Ihnen kein Tropfen Bier, sondern nur Wein getrunken. Klar?«

»Klar«, lachte der Maler.

Nachdem der Winzer gegangen war, entdeckte Frédéric Bruhère an sich heruntersehend, in welchem Zustand er die ganzen Verhandlungen geführt hatte: barfuß, mit nacktem Oberkörper, nur in einer Pyjamahose steckend.

Aber was machte das schon, einem Künstler waren solche »Freiheiten« erlaubt.

Der erste wirklich echte Auftrag war da...

Kein Zahlungsmittel für verzehrten Hackbraten und Kartoffelsalat und weiß der Teufel was noch...

Kein verdammtes Schild, das gemalt werden mußte...

Fritz Brühe führte seinen Indianertanz, den er sich vorher hatte verkneifen müssen, jetzt auf.

Zwei Tage später steckte der junge Kunstmaler schon mitten in der Arbeit, von der er hoffte, daß sie ihn weiterbringen würde. Es gab ja an der Mosel nicht nur einen Winzer mit Geld. Vielleicht konnte da eine Kettenreaktion ausgelöst werden. Reiche Weinbauern – reiche Bauern überhaupt – sehen es nicht gern, sagte sich Frédéric Bruhère, wenn sich einer von ihnen plötzlich über sie erhebt, indem er sich ein Gemälde anfertigen läßt; das reizt zur Nachahmung, womöglich zum Übertrumpfen.

Frédérics Hoffnung auf ein Weiterkommen sollte sich

erfüllen – wenn auch in ganz anderer Weise, als von ihm erwartet.

Es war leicht gewesen, sich in Wehlen zurechtzufinden. Baptist Selzer hatte gesagt, daß ihn jeder kenne, und das bewahrheitete sich auch, als Frédéric Bruhère aus dem Eisenbahnwaggon kletterte und vor dem Bahnhof am Zeitungskiosk die entsprechenden Auskünfte einholte.

Selzer besaß nicht nur einen Weinberg, sondern deren zwei. Den größten wollte er durch Künstlerhand verewigt sehen. Außerdem gehörte ihm ein stattliches Ausflugslokal mit Zimmern für Übernachtungen. »Winzergold« hieß es, und das war ein sehr zutreffender Name insofern, als er unwillkürlich an »Goldgrube« denken ließ.

Etwas abgesetzt von diesem Lokal bewohnte Selzer eine schöne Villa, die er sich erst vor wenigen Jahren hatte erbauen lassen.

Der junge Maler bezog ein Zimmer im »Winzergold«. Sein Eintrag ins Gästebuch las sich so: »Frédéric Bruhère, Kunstmaler, Koblenz.«

Einmal wird die Zeit kommen, dachte er, in der bei solchen Gelegenheiten »Bruhère« allein genügt. »Frédéric«, »Kunstmaler«, »Koblenz«, all das wird nicht mehr nötig sein. Wie bei »Picasso«....

Oder kann sich einer vorstellen, daß dieser, wenn er nach Wehlen gekommen wäre, ins Buch hätte schreiben müssen: »Pablo Picasso, Kunstmaler und Zeichner, Paris«?

Solche Gedanken zeigen, daß Fritz Brühe nicht mit Minderwertigkeitskomplexen auf die Welt gekommen war.

Am ersten Abend im »Winzergold« leerte er zusammen

mit dem Besitzer eine Flasche Wein – natürlich keine schlechte – und ließ sich den himmelweiten Unterschied zwischen Rebe und Hopfen erklären. Es lief etwa auf die nicht miteinander zu vereinbarenden Ernährungsweisen von Mensch und Tier hinaus.

»Vergleichen Sie doch einmal einen Weinberg mit einem Hopfengarten«, meinte Baptist Selzer. »Das muß Ihnen doch schon alles sagen.«

»Glauben Sie?«

»Bestimmt. Ich will Ihnen mal was erzählen. Ich hatte das Unglück, als Soldat nach Manching eingezogen zu werden. Wissen Sie, wo das ist?«

»Nein.«

»Bei Ingolstadt an der Donau.«

»Das liegt in Bayern, nicht?«

»Ganz richtig, an der Grenze zur Hallertau. Was die Hallertau ist, das wird Ihnen vielleicht bekannt sein.«

»Ja, das ist Deutschlands größtes Hopfenanbaugebiet, nicht?«

»Stimmt.« Baptist Selzer machte eine unendlich verächtliche Handbewegung. »Ich hab's mir angesehen.« Er schüttelte Jahrzehnte danach noch ungläubig den Kopf. »Ich kann Ihnen sagen, das halten Sie nicht für möglich ... nein, das tun Sie nicht, ich schwör's Ihnen!«

»Ich glaube es Ihnen, Herr Selzer«, nickte der Maler, wohl wissend, daß ihm jede andere Antwort Schaden eingebracht hätte.

»Sie können sich das nicht vorstellen, mein Lieber.«

»Doch, ich glaube schon, Herr Selzer.«

»Nee, nee, ich habe das vorher auch gedacht, aber dann...«

Baptist Selzer verstummte. Die Erinnerung überwältigte ihn. Nur noch zu einer abermaligen verächtlichen, das Thema endgültig abschließenden Handbewegung brachte er es.

Am anderen Morgen stand der Maler früh auf, um seine Arbeit möglichst bald in Angriff zu nehmen. Als erstes mußte der Fleck mit dem besten Blick auf das Objekt, das künstlerisch festzuhalten war, gesucht werden. Dieser Platz fand sich auf dem kleineren Weinberg. Frédéric baute seine Staffelei auf und stellte sein Klappstühlchen davor. Dann entledigte er sich seiner Jacke und knöpfte sein Hemd bis zum Nabel auf, da wieder ein herrlicher Tag mit wolkenlosem Himmel angebrochen war. Weinberg reihte sich an Weinberg. Unten floß träge, wie flüssiges Silber, die Mosel im Sonnenschein. Die rasch sich erhitzende Luft staute sich flimmernd im Tal und an den Hängen der Rebenhügel.

Die Mosel ist einer der verrücktesten Flüsse, die's gibt. Wenig andere machen so viele Windungen und Schleifen wie gerade die Mosel. Sie beißt sich durch die härtesten Schieferberge, frißt sich durch glutheiße Täler und erzwingt sich den Weg durch die Südeifel, als hätte es einen solchen nirgendwo anders leichter und bequemer gegeben.

Der Ort Wehlen liegt an einem verhältnismäßig geraden Stück der Mosel. Ober- und unterhalb Wehlens, bei Ürzig und Bernkastel, kommen wieder enge Knicke, die man, wenn man sich auf einem der Berge befindet, deutlich sieht. Man hat dabei das Gefühl, auf einer Insel zu stehen.

Der Maler setzte sich und begann mit seiner Kohlezeichnung. Die Kohlezeichnung ist fast immer die erste Stufe eines Ölgemäldes. Wenn die Kohlezeichnung schlecht ausfällt, wird das ganze Bild nichts. Frédéric gab sich daher alle Mühe.

Versunken in seine Arbeit, entging ihm, daß er schon eine ganze Weile beobachtet wurde. Endlich entdeckte er, als er einmal aufblickte und zur Kuppe des Berges hinaufschaute, daß sich dort etwas bewegte. Ein heller Mädchenrock zeigte sich, der von den grünen Reben abstach. Der Rock wurde ergänzt von einer dunkelblauen Bluse, die Mühe hatte, das zu verbergen, was in ihr steckte: ein aufregender Busen. Ähnlich erging es dem Rock; auch er wurde nicht fertig mit der Aufgabe – falls er eine solche überhaupt erfüllen sollte –, zwei tolle Beine wenigstens bis unter die Knie zudringlichen Blicken zu entziehen.

Gekrönt wurde das Ganze von einem Kopf mit blonden Locken, die fast bis auf die Schultern herabfielen, und von einem Gesicht, das erst ein Jahr zuvor dazu ausgereicht hatte, daß ihre Besitzerin zur »Deutschen Weinkönigin« gewählt worden war.

»Donnerwetter!« stieß Frédéric Bruhère, dessen Malerauge hellauf begeistert war, leise hervor.

Das Mädchen sah sich entdeckt und kam die Terrassen herabgeklettert. Je näher sie rückte, desto deutlicher wurde es, daß der Maler von seinem spontanen ersten Urteil keinerlei Abstriche machen mußte.

Das Mädchen eröffnete das Gespräch zwischen den beiden. Sie tat das mit einer Frage, die allerdings überflüssig war.

»Was machen Sie hier?«

»Das sehen Sie doch«, antwortete der Maler, mit dem Kohlestift, den er noch zwischen den Fingern hielt, auf die Leinwand seiner Staffelei weisend.

»Wer sind Sie?« fuhr das Mädchen fort.

»Mein Name ist…«, er zögerte, ehe er ergänzte, »Frédéric Bruhère.«

»Frédéric Bruhère?« Das erstaunte Mädchen schüttelte den Kopf. »Sie sind doch kein Franzose?«

»So?« antwortete der Maler, dem es darum zu tun war, das Gespräch mit diesem entzückenden Mädchen so schnell nicht abreißen zu lassen. »Woher wollen Sie das wissen?«

»Ihnen fehlt jeder Akzent.«

»Das ist noch kein hundertprozentiger Beweis.«

»Richtig – aber ein neunzigprozentiger!«

»Zehn Prozent, die fehlen, sind oft entscheidend, denn –«

»*Sind* Sie Franzose oder nicht?« fiel sie ihm ins Wort.

Sie blickte ihn dabei sehr streng an, so daß er es für besser hielt, die Wahrheit einzugestehen, indem er sagte: »Nein, bin ich nicht. Ich komme aus Koblenz.«

»Und wieso heißen Sie Frédéric Bruhère? Sind Sie ein Abkömmling der Hugenotten?«

»Nein.«

»Was dann?«

»Ich führe einen Künstlernamen.«

»Aha«, nickte das Mädchen, »ein Pseudonym. Und wie lautet Ihr bürgerlicher Name?«

Nun reichte es dem Maler langsam. Er gab vorerst keine Auskünfte mehr, sondern sagte: »Sie verhören mich. Warum?«

»Dazu habe ich ein Recht.«

»Wieso?«

»Sie bewegen sich auf fremdem Grund und Boden. Wer gab Ihnen die Erlaubnis dazu?«

»Was geht das Sie an?« erwiderte Frédéric gröber, als er eigentlich wollte, und setzte deshalb rasch hinzu: »Die Genehmigung habe ich vom Besitzer.«

»Was? Von meinem Vater?«

»Herr Selzer ist Ihr Vater?« antwortete er überrascht.

»Ja.«

»Das wußte ich nicht, entschuldigen Sie; er hat mir nicht gesagt, daß er eine Tochter hat.«

»Wäre er denn verpflichtet gewesen, Ihnen das zu sagen?«

»Nein, das nicht.« Verlegen errötete Frédéric und fügte bekräftigend hinzu: »Natürlich nicht!«

Plötzlich lachte das Mädchen, wobei zwei Reihen blendend weißer, makelloser Zähne sichtbar wurden.

»Er ist ein Geheimniskrämer«, sagte sie. »*Mir* hat er nicht gesagt, daß er Sie anscheinend dazu engagiert hat, unseren Weinberg zu malen.«

»Er will das Bild zur Jahrhundertfeier der Winzer in drei Wochen haben.«

»Wann sagte er Ihnen das?«

»Vorgestern früh.«

»Und wo?«

»In meinem Atelier in Koblenz.«

»Er war also in Koblenz«, sprach das Mädchen nachdenklich vor sich hin. »Auch das erfahre ich jetzt erst. Warum wohl?«

Für Augenblicke schien sie die Anwesenheit des Malers vergessen zu haben.

Frédéric hoffte, sich nicht unbewußt einer Denunziation schuldig gemacht zu haben.

»Vielleicht wollte er mit dem Bild«, sagte er, »seine Familie überraschen... Frau und Kinder.«

Das Mädchen blickte auf. »Seine Familie«, erwiderte sie ernst, »besteht nur aus ihm und mir. Meine Mutter starb schon vor drei Jahren. Geschwister habe ich keine.«

Was blieb Frédéric anderes übrig, als zu sagen: »Das tut mir leid.«

»Wo wohnen Sie?« fragte sie, trübe Gedanken abschüttelnd.

»Im ›Winzergold‹.«

»Sind Sie mit allem zufrieden?«

»Bis jetzt durchaus – von einer Kleinigkeit abgesehen.«

»Und die wäre?«

Frédéric grinste.

»Ich bin Biertrinker, aber Ihr Vater hat Anweisung gegeben, daß mir nur Wein verabreicht werden darf.«

»Das sieht ihm ähnlich«, lachte die Tochter Selzers. »Er ist ein Tyrann.«

Sie strich sich eine Locke aus der Stirn, dabei gab es dem Maler einen Stich, weil er an ihrer Hand einen Verlobungsring entdeckte.

»Ich werde dafür sorgen«, fuhr sie fort, »daß Vaters Anweisung aufgehoben wird.«

Frédéric streckte abwehrend die Hände aus.

»Nur das nicht! Es scheint ihm ungeheuer viel daran

gelegen zu sein, der Zunft der Weinfreunde ein neues Mitglied zu gewinnen. Verurteilen wir seine Bemühungen nicht gleich zum Scheitern. Im übrigen verhält es sich nicht so, daß ich gar so entsetzlich darunter leiden würde... der Tropfen gestern abend...«

Zungenschnalzend verstummte er. Er war also ein Mann, in dessen alte Trinkgewohnheit vielleicht schon eine erste Bresche geschlagen war.

Dem Mädchen schien schon wieder eine Frage auf den Lippen zu schweben. Sie war wohl reichlich neugierig... nein, eigentlich war sie das nicht, nur für diesen jungen Mann rührte sich ein Interesse in ihrem Inneren, über das sie sich selbst wunderte.

»Was ist Ihre Spezialität?« wollte sie wissen.

»Worin?«

»Im Malen.«

Er sah darin einen ihm zugeworfenen Ball, den er sofort auffing.

»Porträts«, sagte er.

»Von Männern oder Frauen?«

»Von Mädchen«, grenzte er das Gebiet ein.

»Von Mädchen?«

»Von Mädchen wie Ihnen.«

Eine kurze Gesprächspause trat ein. Gespannt wartete er, wie's weiterging.

»Ich würde Ihnen also«, sagte sie, »als Modell zusagen? Verstehe ich das richtig?«

»Absolut richtig.«

»Aber...«

»Was aber?«

»Wie hoch läge Ihr Honorar?«

Um ein Haar hätte er geantwortet: »Bei Null«, doch er sagte, um einen gewissen Schein zu wahren: »Es würde leicht erschwinglich für Sie sein.«

»Täuschen Sie sich nicht«, meinte sie. »Mein Vater hält mich kurz«, log sie als ein Mädchen, der das Geschäftliche im Blut lag.

»Sie ahnen nicht, *wie* kurz!«

»Nun ja, ich kenne ihn.« Er grinste. »Bei mir dachte er an eine Vergütung von fünfhundert Mark für das Weinberg-Bild.«

»Und woran dachten Sie?«

»An zweitausend.«

»O je! Dann mußten Sie aber gewaltige Abstriche machen.«

»Ich nicht.«

»Sie nicht? Soll das heißen, daß *er* zulegen mußte?«

»Ja.«

»Wieviel?«

»Fünfzehnhundert.«

Ihr blieb zwei Sekunden lang der Mund offenstehen.

»Fünfzehnhundert?«

»Ja.«

»Zu den fünfhundert dazu?«

»Ja.«

»Das ergibt ja zweitausend...«

»...die ich von Anfang an gefordert habe, gewiß, keine Mark weniger!«

»Nein!« konnte sie nur hervorstoßen. Sie sah sich nicht imstande, das zu glauben.

Frédéric badete sich in ihrer Bewunderung. Daß das in seinem Atelier alles doch ein bißchen anders ausgesehen hatte, schien ihn nicht zu bekümmern. Künstler seien leichtgläubige Naturen, heißt's; am meisten sich selbst gegenüber, vergißt man immer hinzuzufügen.

Die Erkenntnis, die von Selzers Tochter aus dem, was sie erfahren hatte, gezogen wurde, lautete: »Mit Ihnen muß ich ganz, ganz vorsichtig sein. Das Porträt werde ich mir aus dem Kopf schlagen.«

»Das ist nicht nötig!« rief er rasch.

»Doch, ich kann keine zweitausend Mark aufbringen, weil...«

» ...Ihr Vater Sie kurz hält, Sie sagten es schon. Das bedeutet aber, was das Porträt angeht, gar nichts.«

»Warum nicht?«

»Weil ich ein sozial eingestellter Mensch bin, Fräulein Selzer. Ich bin ein Robin Hood der Kunst, ich hole es mir von denen, die's haben, und lasse es – indirekt, meine ich – wieder zurückfließen an die, die arm sind... wie Sie zum Beispiel«, setzte er feixend hinzu, als sie ihn zweifelnd anblickte.

Ich weiß nicht, was ich von ihm halten soll, dachte sie, aber sein Lachen ist mir jedenfalls sympathisch, ich kann mir nicht helfen. Hermann lacht viel seltener.

»Wie heißen Sie?« Urplötzlich fragte er sie das.

»Das wissen Sie doch – Selzer«, erwiderte sie.

»Mit dem Vornamen?«

»Anne.« Ihre Betonung lag auf dem »e«. Ann*a*, wie es im

Taufregister stand, gefiel ihr nicht und war deshalb längst von ihr umgeändert worden.

»Warum wollen Sie das wissen?« fragte sie ihn, sich etwas in ihre Reserve zurückziehend. Doch das half ihr gar nichts.

»Warum wohl?« Er lachte wieder. »Um Gebrauch davon zu machen, Anne.«

»Es kann Leute geben, denen das nicht gefallen wird.«

»Wem nicht? Ihnen? Ihrem Vater?«

»Meinem Verlobten.«

»Sie sind verlobt?« tat er überrascht.

Sie nickte. Warum sage ich ihm das, fragte sie sich. Wäre doch nicht notwendig gewesen.

»Mit wem?« wollte er ungeniert wissen.

Ihre Antwort, knapp gegeben, befriedigte ihn nicht.

»Sie werden ihn kennenlernen.«

Doch rasch wurde sie wieder freundlicher.

»Wie heißen *Sie* denn?«

»Frédéric –«

»Nicht das! Wie Sie richtig heißen?« fiel sie ihm ins Wort. »Mit Ihrem bürgerlichen Namen? Ich habe Sie das schon einmal gefragt.«

»Brühe.«

»Und?«

»Fritz.«

»Fritz Brühe?«

»Ja«, nickte er widerwillig.

Kopfschüttelnd blickte sie ihn an und sagte: »Ich weiß nicht, was Sie dagegen haben. Das klingt doch gar nicht schlecht. Warum ein Pseudonym? Wenn ich Künstlerin wäre, würde es mich gar nicht stören, etwa Friederike Brühe zu heißen.«

»Oder Anne Brühe«, kam es wie aus der Pistole geschossen aus seinem Mund.

»Oder Anne Brühe«, nickte sie, und schon saß sie in der kleinen Falle, die sie sich selbst gestellt hatte.

»Das könnten Sie haben«, lachte er.

»Was?«

»Daß Sie Anne Brühe hießen.«

Sie spürte die Röte in ihr Gesicht steigen.

»So meinte ich das nicht!« rief sie.

»Ich schon, Anne.«

»Ist das unter Künstlern so üblich?«

»Was?«

»Anständige, brave Mädchen so aufs Eis zu führen?«

»Wenn's klappt – warum nicht?«

»Das finde ich alles andere als nett.«

Damit brach Anne Selzer kurz entschlossen das Gespräch ab, da sie das Gefühl hatte, daß dies im Moment das beste sei, ehe sich dieser Mensch hier noch wer weiß was herausnahm. Charme war das nicht, was er da so entwickelte. Aber was war es dann? Frechheit? Ich weiß nicht, was, sagte sich Anne, während sie sich nach knappem Gruß entfernte.

»Wir haben uns noch nicht über unsere erste Sitzung für Ihr Porträt geeinigt!« rief ihr der Maler nach.

»Es wird keine geben«, antwortete sie über ihre Schulter.

Vor dem »Winzergold« hatte sich, als der Maler zum Mittagessen von seinem Berg herunterkam, eine Schar Knaben und Halbwüchsiger versammelt.

Sie waren dabei, ihrer Bewunderung in höchsten Tönen Ausdruck zu verleihen.

»Klasse!«

»Eine Schau!«

»Mann!«

»Spitze!«

»Superspitze!«

»Dagegen kann jeder andere Schlitten einpacken!«

Die Jungs standen um das neueste Modell herum, das Porsche auf den Markt gebracht hatte.

»Den würde ich gern mal über den Nürburgring bewegen«, sagte ein etwa Achtjähriger.

»Mit'm Sehrohr vom U-Boot, damit du nicht blind fährst«, ermahnte ihn einer zur Bescheidenheit, dem zwei Jahre mehr anzusehen waren. »Oder du gibst dir Omas Oberbett untern Arsch, um höher zu sitzen.«

»Mich interessiert der Preis«, wurde von einem anderen bekanntgegeben.

»Mit'm Achtstundentag wirst du an den nicht rankommen«, erklärte ein Friseurlehrling im ersten Jahr, der auf seinem Weg vom Geschäft zu Mutters Mittagstisch mit dem Fahrrad vorbeigekommen war und angehalten hatte.

Das »D« auf dem Nummernschild des Wagens inspirierte das einzige kleine Mädchen in der Runde zu der Feststellung: »Die in Düsseldorf haben wat an den Füßen.«

»Die meisten sind da Millionäre«, knüpfte einer an, dem

beim Sprechen immer die Zungenspitze durch eine Zahnlücke schoß.

Ein Sechzehnjähriger fiel aus dem Rahmen. Sein Sinn für die Realität war schon stärker entwickelt, er zog einen Klassenkameraden von der Berufsschule etwas beiseite und fragte ihn: »Wie wärs's heut abend mit deinem Moped? Ich müßte mal wieder rüber nach Ürzig. Die Ingrid hat's nötig.«

»Kauf dir doch endlich selber eins.«

»Mit was denn? Mein Alter hat kein Geschäft. Er kann mich nicht an die Kasse stellen, wenn Mutti mit ihren schlechten Zähnen so oft zum Zahnarzt muß wie die deine.«

Inzwischen war Frédéric Bruhère alias Fritz Brühe herangekommen.

Auch er schätzte Autos. Notgedrungen war dies aber bei ihm eine »stille« Liebe. Die Jungs konnte er verstehen. Er nickte ihnen deshalb lächelnd zu, als er den Parkplatz überquerte, und verschwand im »Winzergold«.

Das Lokal war voll besetzt. Freien Tisch gab's keinen mehr, nur an einem saß im Moment niemand, doch Autoschlüssel und ein goldenes Feuerzeug sowie Zigaretten, die auf diesem Tisch lagen, zeigten an, daß sich da auch schon jemand niedergelassen hatte. Es war ein kleinerer Tisch mit insgesamt vier Plätzen. Der Maler steuerte darauf zu und setzte sich. Der Kellner brachte ihm die Speisekarte. Frédérics Wahl fiel auf einen Nierenbraten.

Das Feuerzeug war ein Dunhill; sehr teuer. Leute, die so etwas achtlos auf dem Tisch liegen lassen, müssen nicht mit dem Pfennig rechnen. Der Besitzer (oder die Besitzerin?) erschien lange nicht am Tisch.

»Sie wissen ja, daß meine Zeche auf Rechnung des Hauses geht«, sagte Frédéric zum Kellner, als dieser ihm das Dessert brachte.

»Oui, monsieur Bruhère.«

Er wurde also auch hier aufgrund seines Eintrags ins Gästebuch anders eingeordnet, als es ihm zukam, und er brachte dies nun in Ordnung, indem er seinen deutschen Namen nannte. Irgendwie hatte er plötzlich das Gefühl, daß das angebracht war.

Der Kellner, dessen Französischkenntnisse nicht weit gereicht hätten, nahm erleichtert die Aufklärung zur Kenntnis.

»Hat's Ihnen geschmeckt, Herr Brühe?« fragte er nach dem Mahl dienstbeflissen.

»Sehr gut.« Der Maler zeigte auf Feuerzeug, Zigaretten und Autoschlüssel. »Das liegt schon die ganze Zeit hier. Hoffentlich wurde es nicht von jemandem, der schon wegging, vergessen.«

»Nein, nein«, antwortete der Kellner. »Der Herr kommt wieder. Wir kennen ihn. Er wohnt hier und mußte noch einmal mit Übersee telefonieren.«

»Er wohnt hier?«

»Ja, seit heute vormittag wieder.«

»Wieder?«

»Er gibt uns häufig für jeweils einige Tage die Ehre.«

»Und dann«, sagte Brühe ironisch, »muß er mit Übersee telefonieren.«

Der Kellner zuckte die Achseln.

»Stundenlang!« bekräftigte Brühe.

Abermals enthielt sich der Kellner einer Äußerung.

»Was kostet das?« fragte der Maler.

»Sicher einiges Geld, Herr Brühe.«

»Hat er's?«

Diese Fragerei war unfein. Knapp antwortete der Kellner nur: »Ja.«

Das Gespräch war beendet. Brühe ließ sich ein Glas Wein bringen. Wieder vergingen mindestens zehn Minuten, und dann erst tauchte der Dunhill-Mann am Tisch auf.

»Guten Tag«, sagte er, setzte sich und griff zu Zigaretten und Feuerzeug.

Er war schätzungsweise ein Vierziger, gepflegt, sehr gut angezogen. Dick war er nicht, aber auch nicht unbedingt schlank. Das Kinn zeigte einen kleinen Ansatz, sich zu verdoppeln. Sein Haar war noch erstaunlich dicht, konnte jedoch nicht jede Ermüdungserscheinung verbergen: Es hatte schon angefangen zu ergrauen. Das Gesicht wirkte jugendlich, jugendlicher als seine Hände mit ersten Pigmentflecken, und erweckte dadurch den Verdacht, daß es von Zeit zu Zeit bereits Kosmetikerinnenhänden anvertraut wurde. Alles in allem: ein Vierziger, wie gesagt; einer mit Geld.

»Wie fährt sich das neue Modell?« fragte ihn Brühe.

»Was?«

»Wie sich der neue Porsche da draußen fährt? Der gehört doch Ihnen?«

Darüber mußte natürlich erst ein bißchen gelacht werden, von beiden, und nachdem die von Brühe verursachte Überraschung auf diese Weise verarbeitet worden war, sagte der Vierziger: »Ich weiß noch nicht so recht. Mir hängt etwas der Jaguar nach, den ich bis vorige Woche fuhr.«

»Irgendwie stehe ich auf den Käfer.«

»Auf was?«

»Auf den Käfer von VW. Schade, daß es ihn nicht mehr gibt.«

Dafür konnte der Vierziger nur *eine* Erklärung finden.

»Sie sind wohl ein Snob, wie?«

»Nein, ein Kunstmaler.«

Nun ging dem anderen ein Licht auf.

»Noch unbekannt, was?«

»Leider.«

»Wie alt sind Sie?«

»Sechsundzwanzig.«

Der Vierziger betrachtete den Sechsundzwanzigjährigen mit echtem Interesse, wie einen ihm fremden Gegenstand afrikanischer oder irgendeiner anderen exotischen Kultur, und sagte: »Was machen Sie, wenn Sie einmal fünfzig sind und immer noch keinen Namen haben?«

Auf so etwas war der Maler vorbereitet, man hatte es ihn schon zu oft gefragt.

»Kein Problem«, erwiderte er.

»So?«

»Wenn sich das abzeichnet, weiß ich den richtigen Weg zur Vorbeugung.«

»Welchen?«

»Reich heiraten.«

»Das«, sagte grinsend der Vierzigjährige, »würde ich an Ihrer Stelle jetzt schon ins Auge fassen. Berühmt können Sie daneben immer noch werden. Doppelt genäht hält besser.«

Prophetische Worte. Weder der Vierzigjährige noch Fritz

Brühe ahnten das aber in diesem Augenblick.

In der Nähe stand der Kellner herum und lauerte schon die ganze Zeit auf die Bestellung des Vierzigjährigen, die nun von diesem aufgegeben wurde.

»Ich möchte nur ein Ragout fin, Herr Ober. Den Toast aber ohne Butter, Sie wissen schon.«

»Sehr wohl, Herr Zumberg.«

»Gewichtsschwierigkeiten, Herr Zumberg?« erkundigte sich Brühe, als der Kellner eilenden Fußes verschwunden war.

»Leider, Herr…«

»Brühe.«

»Brühe?«

»Ja.«

»Wie Soße oder Suppe?«

»Ja, Herr Vomberg«, zahlte der Maler mit ähnlicher Münze heim.

Die Atmosphäre zwischen den beiden wechselte sehr. Einmal waren sie einander nicht unsympathisch, einmal nicht sympathisch.

»Sie wohnen auch hier im Haus, hörte ich«, sagte Brühe.

»Was heißt auch?«

»Ich ebenfalls.«

Nach dem Ragout fin seufzte Zumberg. »Das könnte ich noch fünfmal essen, oder irgendwelche anderen anständigen Portionen.«

»Und warum tun Sie's nicht?«

»Weil ich dann ganz rasch in keinen Anzug mehr hineinpassen würde.«

»Wäre das so schlimm?«

»In meinen Augen nicht, aber...«

Er verstummte, sorgenschwer ein Ohr auf eine Faust stützend. Mit der anderen Hand holte er eine Zigarette aus der Packung, steckte sie sich zwischen die Lippen und zündete sie an.

Fritz Brühe schien da irgendeinen wunden Punkt bei Herrn Zumberg erwischt zu haben, doch nähere Informationen blieben ihm versagt, denn der Mann ergänzte den Satz, den er abgebrochen hatte, nicht, sondern schwieg sich aus.

Nach zwei, drei Zügen aus seiner Zigarette blickte er hin zum nächsten Fenster und seufzte.

»Enorm heiß heute«, meinte er dabei.

»Ich finde das Wetter phantastisch«, sagte Brühe.

»Nein, mir ist's zu heiß. Ich vermisse hier die Klimaanlage, die ich von zu Hause gewöhnt bin.«

»Sie haben eine Klimaanlage?«

»Ich könnte nicht mehr leben ohne sie.«

»Wirklich nicht?«

»Nein.«

»Was machen Sie dann hier?«

»Wie... wie meinen Sie das?«

»Was Sie dann hier machen, frage ich. Sie können nicht mehr leben ohne Klimaanlage, sagen Sie. Sterben Sie dann hier? Sind Sie dazu hergekommen?«

Zumberg lächelte gequält.

»Wenn das ein Witz sein soll, Herr Brühe, finde ich ihn schwach. Die Bekanntschaft mit Klimaanlagen blieb Ihnen in Ihrem bisherigen Leben wohl versagt, Herr Brühe?«

»In der Tat, Herr Zumberg.«

Du Angeber, dachte Brühe.

Was unterhalte ich mich überhaupt mit diesem Sozialfall? fragte sich Zumberg. Zuletzt stellt sich noch heraus, daß der Kerl Kommunist ist.

Im Moment waren sich also die beiden gegenseitig wieder höchst unsympathisch.

»An Ihrer Stelle«, fuhr Brühe fort, »würde ich den Nachmittag dazu benützen, mich von Zeit zu Zeit zu duschen. Das wäre doch eine Möglichkeit? Kalt, natürlich.«

»Und Sie? Was machen Sie gegen die Hitze?«

»Leider nichts. Ich muß meinen Beruf ausüben.«

Zumberg zog die Augenbrauen hoch.

»Sie malen hier?«

»Ja.«

»Was denn?«

»Den Weinberg des Lokalbesitzers.«

Zumberg zog die Augenbrauen noch höher.

»Des Herrn Selzer?«

»Gewiß. Kennen Sie ihn auch?«

Die Überraschung Zumbergs löste sich auf in ein kurzes Gelächter.

»Wohl besser als Sie, Herr Brühe.«

»Schon möglich. Ich habe ja nicht behauptet, ihn besonders gut zu kennen.«

»Wie lange kennen Sie ihn denn schon?«

»Seit vorgestern. Und Sie?«

»Wesentlich länger. Welchen Weinberg von ihm malen Sie? Er besitzt nämlich deren zwei.«

»Den größeren.«

»Hat er Sie damit beauftragt?«

»Sicher. Glauben Sie, ich –«

»Hoffentlich ist es Ihnen gelungen«, wurde Brühe von Zumberg unterbrochen, »ein anständiges Honorar aus ihm herauszuschlagen?«

»Doch, ich bin zufrieden.«

»So? Das wundert mich aber.«

»Sie kennen ihn wohl sehr gut?«

»Hm.«

Was die Honorierung eines Künstlers angeht, dachte Brühe, scheint der Angeber doch die richtigen Auffassungen zu haben.

Vielleicht doch nicht so weltfremd, der Jüngling, sagte sich Zumberg. Versteht es anscheinend recht gut hinzulangen.

Im Moment hatte sich also jeder der beiden wieder dagegen zu wehren, für den anderen allzu große Sympathie aufzubringen.

»Was machen Sie heute abend, Herr Zumberg?«

»Warum?«

»Wir könnten zusammen essen und dann einen heben.«

Zumberg schüttelte den Kopf.

»Da muß ich Ihnen leider absagen.«

»Schade. Hätte gern einen draufgemacht. Habe nämlich alles frei hier.«

»Mann!« stieß Zumberg respektvoll hervor. »Was Sie nicht alles aus dem alten Selzer herausgeholt haben – ich bin platt!«

»Also dann vielleicht doch...«

»Nein, ich kann wirklich nicht. Bin schon verabredet.

Muß nach Bernkastel. Weiß nicht, wann ich zurückkomme.«

»Und morgen?«

»Gerne… wenn ich nicht wieder… das hängt nämlich nicht von mir ab, wissen Sie.«

»Ich würde mich jedenfalls freuen, da ich nämlich viel lieber in Gesellschaft zeche als allein. Und Sie sind nun mal der erste, den ich hier kennengelernt habe.«

»Vergessen Sie nicht Herrn Selzer.«

»Mit dem habe ich gestern abend schon eine Flasche geleert, aber der hatte, im Vertrauen, die ganze Zeit nur ein Thema…«

»Welches?«

»Daß Menschen, die Bier trinken, nicht wert sind, von der Sonne gewärmt zu werden.«

Zumberg lachte.

»Das kenne ich!«

»Außerdem wurde er um elf schon müde. In seinem Alter, sagte er, gehöre man um diese Zeit ins Bett. Davon war er nicht abzubringen. Ich vermute aber, daß er ein anderes Motiv hatte.«

»Welches denn?«

»Eines der Sparsamkeit, will ich mal sagen.«

Zumbergs Gelächter schwoll an.

»Sie sind mir schon der richtige Motivforscher, mein Lieber!«

Wie man sieht, waren die beiden momentan auf dem besten Weg, einander sehr nahezukommen, aber nun trat ein Störungsfaktor ein. Der Kellner kam an den Tisch und sagte: »Herr Zumberg…«

»Ja?«

»Das gnädige Fräulein hat angerufen. Sie läßt Ihnen sagen, daß sie soweit wäre.«

»Danke.«

Der Kellner entfernte sich wieder, und Zumberg sagte zu Brühe: »Sie haben gehört, ich muß weg.«

»Ihre Verabredung?«

»Ja.«

»Viel Vergnügen. Bernkastel soll eine der sogenannten Perlen an der Mosel sein.«

»Sie kennen es nicht?«

»Nicht näher. Bin nur mehrmals dran vorbeigefahren.«

»Das sollten Sie aber bei der nächsten Gelegenheit nicht wieder tun.«

Brühe nickte, während sich Zumberg erhob und sich schon abwenden wollte.

»Vergessen Sie Ihr Feuerzeug nicht, Herr Zumberg.«

»Ach ja, danke.«

Am Ausgang drehte sich der elegante Vierzigjährige noch einmal um und hob die Hand zu einem Abschiedsgruß. Dann hörte man draußen den Porsche mit seinem typischen Klang davonröhren.

Die Gastwirtschaft »Winzergold« lag direkt an der Mosel, am Fuß eines mächtigen Brockens von einem Weinberg. Dem Besitztum des Baptist Selzer wurde deshalb von allen Gästen vor anderen Lokalen der Vorzug gegeben, denn gerade vor dem »Winzergold« verengte sich auch noch die Uferstraße und führte unmittelbar an der Haustür des Restaurants vorbei. Links die Mosel, rechts der Berg – oder, wenn man von der anderen Seite kam, umgekehrt – dazwischen die schmale Straße, es gab keinen zweiten oder dritten Weg, keine Ausweichmöglichkeit, man stolperte also geradezu zwangsläufig ins »Winzergold« hinein.

Ein mittelgroßer Parkplatz, den Selzer in den Berg hatte hineinsprengen lasen, tat noch sein übriges. Die Straße vor dem Restaurant war mit Efeu überspannt, so daß sie sich als Laube darstellte. Dies alles wirkte verlockend auf die Gemüter ermüdeter Spaziergänger, aber auch Autofahrer, so daß die meisten anhielten, sowohl zu Fuß als auch am Steuer, um dem Wirt die Ehre zu geben. Für die Autofahrer war dies natürlich problematisch, denn die meisten von ihnen hätten sich geschämt, ausgerechnet an der Mosel ein Glas Milch oder Limonade zu bestellen.

Baptist Selzer mußte also – besser gesagt: durfte – stets mit Betrunkenen rechnen. Dadurch wurde für ihn ein gewisses Problem aufgeworfen, mit dem alle umsatzgesegneten Wirte zu tun haben; und zwar bleiben alkoholisierte Gäste nicht immer friedlich, sondern sie machen Krach und andere, noch unangenehmere Schwierigkeiten, und wer darin zu weit geht, muß des Lokals verwiesen (vulgo: hinausgeworfen) werden. Diese Aufgabe können naturgemäß nur Leute mit starken Muskeln erfüllen. Im Volksmund heißen sie »Rausschmeißer«. Die körperlichen Kräfte überwiegen bei ihnen die geistigen in der Regel bei weitem.

Ein solcher Zeitgenosse war der bärenstarke Jean, über den das »Winzergold« verfügte. Alle, die ihn kannten, riefen ihn nur »Schang«. Daß er auch noch Küppers hieß, wußten fast nur seine Eltern, die aber längst verstorben waren. Er kam aus Köln. Der Rhein hatte ihn also sozusagen an die Mosel abgetreten. Natürlich hatte er nicht den ganzen Tag damit zu tun, Betrunkene vor die Tür zu setzen. Um keinen Leerlauf zu verzeichnen, betätigte er sich deshalb ganz allgemein als Hausfaktotum, besorgte alles, wozu die anderen keine Lust hatten, und war im übrigen sehr damit beschäftigt, mit seiner gewaltigen stillen Liebe zu Anne Selzer, der Tochter des Chefs, fertig zu werden. Von seiner Seite drohte daher jedem Gefahr, den es danach gelüstete, sich der jungen Dame zu nähern. Letztere bemerkte zwar, daß Jean – oder Schang, wie auch sie ihn rief – an ihr hing, aber sie dachte gewiß nicht im Traum daran, regelrecht geliebt zu werden von einem männlichen Wesen, dem es allerhöchstens zustand, sie par distance anzuhimmeln. Hätte sie geahnt, was wirklich los war, wäre sie bestrebt gewesen, das Ausmaß ihrer Freundlichkeit, deren sich Jean erfreuen durfte und die in ihm immer wieder aberwitzige Hoffnungen nährte, etwas einzuschränken.

Heute nun saß Jean draußen im Schatten hinter dem Restaurant und schälte Kartoffeln. Das tat er sehr gern, denn dabei hatte er Gelegenheit, in Ruhe nachzudenken.

»Schang«, hatte die Köchin gesagt, »schlaf mir aber beim Schälen nicht ein, ich brauche die Kartoffeln nicht erst morgen, sondern heute noch zum Abendessen. Schau auf die Uhr, dann weißt du selbst, daß es pressant ist. Dafür kannst du dir das nächste Mal wieder mehr Zeit nehmen.«

»Ich muß aber auch die Fähre noch im Auge behalten«, hatte Jean erwidert. »Oder nimmt mir das einer ab?«

Die Antwort der Köchin: »Nein, Schang, das nimmt dir

keiner ab. Du bist eben ein wichtiger Mann, aber du schaffst das schon.«

Aus war's mit der Gelegenheit, in Ruhe nachzudenken. Jean hatte alle Hände – und den Kopf – voll mit anderem zu tun. Gar nicht lange, und auf der gegenüberliegenden Seite der Mosel ratterte die Bimmelbahn in den kleinen Bahnhof. Neue Gäste entquollen den putzigen, alten Waggons. Sie stürmten die Fähre und fächelten sich mit Taschentüchern kühlere Luft zu. Einige sangen schon, sie hatten wohl in der Bahn Flaschen mit sich geführt. Ein Kegelklub lachte über die neuesten – und ältesten – Witze.

Nachdem die Fähre angelegt hatte, löste sich aus dem großen Pulk eine etwas unsicher wirkende Dame und kam den Weg herauf zum »Winzergold«. Alter: Mitte Dreißig. Aussehen: gut. Kleidung: nicht teuer, aber geschmackvoll. Gesamteindrück: vielversprechend.

Jean hatte den Dauerauftrag, alle, die diesen Weg heraufkamen, danach abzutasten, ob in ihnen potentielle Gäste fürs »Winzergold« zu sehen waren und ob sie einen voraussichtlichen Gewinn oder Verlust für das Lokal darstellten. Er machte das sehr dezent.

»Wohin?« fragte er die Dame, die darüber etwas überrascht war.

Da bemerkte Jean, daß er vergessen hatte zu grüßen, und holte dies nach.

»Ich suche das ›Winzergold‹«, antwortete die Dame. Sie wirkte, wie schon erwähnt, einigermaßen unsicher (oder nervös, konnte man auch sagen).

»Das ›Winzerjold‹ suchen Sie?«

»Ja.«

»Für länger?«

Unangenehm berührt blickte die Dame den Hausknecht an und fragte ihn: »Wer sind Sie eigentlich?«

»Der Schang.«

»Was für ein… Schang?«

»Der Schang vom ›Winzerjold‹.«

»Vom ›Winzergold‹?«

»Vom ›Winzerjold‹, und ich habe das Recht, von Ihnen das Nähere zu erfahren.«

»Von mir?«

»Von allen, die ankommen, ob sie nur für ein Stündchen oder zwei essen und trinken wollen, oder ob sie das ausdehnen wollen für länger. Deshalb meine Frage. Verstehen Sie? Ob Sie ein Zimmer wollen? Dann gedenke ich nämlich, mich um das Gepäck von Ihnen zu kümmern.«

Die Dame hatte einen Koffer mittlerer Größe bei sich. Ihn überließ sie nun Jean, nachdem ihr dieser ein gewisses Bild von sich entworfen hatte.

»Ich weiß noch nicht, wie lange ich bleibe«, sagte sie dabei.

»Von was hängt das ab?«

»Von Verschiedenem. Zum Beispiel vom Wetter.«

»Das Barometer steht hoch.«

»Haben Sie noch nie erlebt, daß es rasch wieder fallen kann?«

»Das schon«, brummte Jean.

Die beiden erreichten das Gasthaus, und die Dame landete gegen ihren Willen im schönsten und teuersten Doppelzimmer des Hauses. Das ging folgendermaßen vor sich:

»Ich möchte ein Einzelzimmeer«, sagte sie zu Frau Wagner, einer zweimal verwitweten, gestrengen Person, welche die Zimmer unter sich hatte.

»Für wie lange?«

»Das will sie noch nicht wissen«, mischte sich Jean ein.

»Was?« fragte irritiert Frau Wagner, zwischen Jean und der Dame hin und her blickend.

»Ich kann noch nicht sagen, wie lange ich bleibe«, erklärte die Dame.

»Das ist von Verschiedenem abhängig«, ließ sich Jean vernehmen.

Frau Wagner beendete seinen Auftritt.

»Haben Sie nichts mehr zu tun?« fragte sie ihn.

»Doch, Kartoffeln schälen.«

»Na also!«

Mißmutig trollte sich Jean. Anschließend sagte Frau Wagner zu der Dame, die angekommen war: »Unsere Einzelzimmer liegen teilweise leider zur Straße hinaus. Wollen Sie ein ruhigeres?«

»Die sind wohl teurer?«

»Ja, natürlich.«

»Ach, wissen Sie, mir macht ein bißchen Lärm nichts aus. Ich habe einen guten Schlaf.«

Frau Wagner händigte den Schlüssel zu Zimmer 19 aus. Zugleich bat sie die Dame, die aus Koblenz kam, den Meldezettel auszufüllen. Nachdem dies geschehen und der Blick von Frau Wagner auf den ausgefüllten Meldezettel gefallen war, änderte sich die Situation plötzlich in der überraschendsten Weise.

»Sie sind Frau Rehbein?« stieß die Zimmerverwalterin hervor. Irgend etwas war ihr ganz offensichtlich sehr unangenehm.

»Ja.«

»Ingrid Rehbein?«

»Ja«, antwortete die Dame wieder. Ihr Erstaunen wuchs.

»Aus Koblenz?«

»Ja. Was bedeuten Ihre Fragen?«

»Entschuldigen Sie, Sie kennen doch Herrn Selzer?«

»J... ja«, erwiderte die Dame zögernd.

»Darf ich Sie bitten, mir den Schlüssel zurückzugeben?«

»Warum?«

»Herr Selzer hat mir Sie avisiert. Sie bekommen Zimmer 34.«

»So?«

Frau Wagner nickte.

Frau Rehbein überlegte kurz.

»Worin unterscheidet sich Zimmer 34 von Zimmer 19?« fragte sie dann.

»Es ist das schönste, das wir haben«, erwiderte Frau Wagner mit ausdrucksloser Miene. Das war aber noch nicht die ganze Wahrheit.

Frau Rehbein stand, als sie die Schwelle zu Zimmer 34 überschritt, nicht in einem Einzel-, sondern in einem Doppelzimmer.

Fritz Brühe saß wieder auf seinem Klappstühlchen und arbeitete an seinem Bild. Ja, war er nun Fritz Brühe oder ein anderer? Im Moment hätte er sich, da er ganz dem Malen hingegeben war, als Frédéric Bruhère fühlen müssen. Aber nein, dem war nicht so. Er hielt inne und blickte von seinem Platz im Weinberg hinunter zum »Winzergold«.

Brühe klingt doch gar nicht schlecht, hat sie gesagt, dachte er. Ich weiß nicht, was Sie haben, hat sie gesagt. Wenn ich Künstlerin wäre, hätte ich gar nichts dagegen, etwa Friederike Brühe zu heißen, hat sie gesagt.

Er seufzte.

Oder Anne Brühe, dachte er, habe ich daraufhin gesagt. Dann war aber der Faden so ziemlich gerissen. Sie lief weg. Hätte ich mich nicht gleich so ins Zeug legen sollen? Man wird doch noch einen Spaß machen dürfen.

Einen Spaß?

Sicher, ich, der arme Teufel – und sie, die Millionärstochter, was sollte das anderes sein, wenn nicht... Spaß?

Er seufzte noch einmal tief aus seinem Herzen.

Drunten im Tal schälte Jean Kartoffeln, und Ingrid Rehbein stand vor ihren Doppelbetten und fragte sich, welches der beiden sie für sich wählen sollte. Das dem Fenster zugewandte? Oder das andere?

Oder gar keines und wieder abreisen?

Letzteres wäre wohl das Richtige, sagte sie sich.

Dann legte sie ihr Nachthemd, das sie aus dem Koffer genommen hatte und in der Hand hielt, unters Kopfkissen des dem Fenster zugewandten Bettes.

Ingrid Rehbein war eine geschiedene Frau. Ihre Ehe mit einem mittleren Finanzbeamten hatte nach neun Jahren Schiffbruch erlitten. Eigentlich war diese Ehe schon nach sechs Monaten kaputt gewesen, aber eine anständige Frau läßt sich nicht nach sechs Monaten schon wieder scheiden. Ein korrekter Beamter auch nicht. Eine anständige Frau und ein korrekter Beamter halten es zehn Jahre in einer solchen Ehe aus – oder wenigsten neun Jahre –, dann erst wird die Konsequenz gezogen, die bereits nach einigen Monaten fällig gewesen wäre. So gehört sich das!

Inspektor Karl Rehbein, Oberinspektor Karl Rehbein, Amtmann Karl Rehbein hatte seiner Frau neun Jahre lang erzählt, mit welchen Summen er jeden Tag zu tun habe.

»Mit Millionen, meine Liebe!«

Die Millionen vergifteten Gehirn und Herz Ingrids. Mit wachsender Deutlichkeit trat das in Erscheinung, wenn Frau Rehbein ihren Gatten fragte, ob er ihr das Wirtschaftsgeld nicht um fünfzig Mark erhöhen könne, und er ablehnte.

Seine stereotype Gegenfrage in solchen Momenten pflegte zu lauten: »Hältst du mich für einen Millionär?«

Und das neun Jahre lang!

Am Tag der Scheidung schwor sich Ingrid Rehbein, überhaupt nicht mehr zu heiraten. Verhältnismäßig rasch schliff sich jedoch dieser Standpunkt ab, da von der eigenen Hände Arbeit zu leben keineswegs angenehm war, und so gelangte Ingrid Rehbein zu der Auffassung: Gegen einen Millionär hätte ich nichts einzuwenden.

So gestimmt, war sie einem reichen Winzer aus Wehlen begegnet, der von der Mosel nach Koblenz gekommen war, um »Geschäftliches« zu erledigen. Der Mann hätte zwar leicht ihr Vater sein können, aber hatte nicht zum Beispiel auch die hochintelligente Jackie Kennedy mit ihrer Entscheidung für den alten Onassis der Welt gezeigt, daß es darauf nicht ankam?

Oder die Begum?

Soll ich dümmer als diese Frauen sein, fragte sich Ingrid Rehbein.

Und so war sie der Einladung des Winzers nach Wehlen gefolgt. Doch dann, als sie die Doppelbetten erblickt hatte, fragte sie sich doch, ob sie sich auf dem richtigen Weg befand. In Koblenz hatte der Mann ihr nur immer die Hand gestreichelt, jetzt aber war mit einem Schlag klar geworden, daß sich das Tempo, das er vorzulegen gedachte, plötzlich enorm erhöhen würde.

Warum nicht, seufzte Ingrid Rehbein leise, schließlich bin ich kein Kind mehr.

Indes, so ganz schmeckte ihr die Sache, obwohl sie kein Kind mehr war, doch nicht.

Sie fuhr fort, den Koffer zu leeren, ging dann ins Bad, duschte sich, kam ins Zimmer zurück und streckte die Hand nach dem Telefon auf dem Konsölchen aus.

Sie zog die Hand wieder zurück. Im Selbstgespräch murmelte sie: »Ich rufe ihn später an. Erst will ich noch ein Stündchen schlafen.«

Gesagt, getan. Nackt ließ sie sich auf ihr Bett fallen. Doch aus dem Stündchen wurde nur ein halbes, dann schrillte das Telefon.

»Ja?« sagte sie verschlafen.

Am Apparat war ihr Gastgeber, der leichte Verärgerung in seiner Stimme nicht unterdrücken konnte, als er fragte: »Warum meldest du dich nicht?«

»Eben wollte ich anrufen, entschuldige.«

»Du bist doch schon lange hier.«

»Erst mußte ich auspacken, dann duschen, dann fielen mir die Augen zu, weil ich sehr müde war.«

»Wovon denn?«

»Wovon?«

»Ja, hast du vergangene Nacht nicht geschlafen?«

»Doch.«

So muß er mir kommen, gleich zu Beginn, dachte sie, das schätze ich!

»Wovon bist du dann müde?« fragte er noch einmal.

»Na, von der Fahrerei. Eure Bimmelbahn ist ja nicht das Komfortabelste.«

»Andere finden sie romantisch und sind begeistert von ihr.«

»Ich nicht.«

Nach einer kleinen Pause, die entstand, sagte er: »Mich hat Frau Wagner verständigt, daß du angekommen bist.«

Sie antwortete: »Mich hat sie mit einem Doppelzimmer überrascht.«

Er sagte: »Sie ist meine Vertraute und absolut diskret. Von ihr erfährt niemand was von uns beiden.«

»Daran ist dir wohl gelegen?«

»Dir doch vorläufig auch – oder nicht?«

»Doch.«

»Wann sehen wir uns?«

»Das liegt bei dir.«

»Ich schlage vor: zum Abendessen. Jetzt kann ich noch nicht weg, eine Schädlingsbekämpfungsbesprechung nimmt mich noch in Anspruch. Setz dich in die Nähe der Tür zur Bar, dort finde ich dich dann. Gegen sieben, ja?«

»Ja.«

Damit schien vorläufig alles gesagt zu sein, und beide legten auf. Kein besonders gutes Gespräch, dachte sie.

Und er: Hätte besser laufen können.

Bis zum Abendessen war es noch Zeit, und Ingrid Rehbein machte einen Spaziergang. Sie lief hinaus auf die Straße und heftete einen längeren Blick auf das Restaurant. Eine stattliche Liegenschaft. Auf dem Parkplatz standen aneinandergereiht die Autos. Alles Fahrzeuge von Gästen, die im »Winzergold« ihre Zeche machten. Ingrid bemerkte es mit innerer Anerkennung.

Ein Mann in der Uniform eines Eisenbahnbeamten kam ihr entgegen. In die Gegend zeigend, fragte sie ihn: »Wem gehört dieser Weinberg, bitte? Wissen Sie das?«

»Welcher?«

»Der größte.«

»Dem Winzer Selzer.«

»Und der kleinere?«

»Auch dem.«

»Und der dahinter?«

»Der wird ihm ebenfalls bald gehören.«

»Übertreiben Sie nicht?«

»Nein. Einer meinte gestern erst wieder: ›Ich möchte wissen, was sich der auch in Trier schon alles unter den Nagel gerissen hat. Ganze Wohnblöcke!‹ Und nicht nur in Trier, glaube ich.«

»Nicht möglich!«

»Doch, doch!« Der Eisenbahner schien ein Gegner übertriebenen Reichtums anderer zu sein. »Der erstickt noch an seinem Geld!«

Dem Mann einen Dank für seine Auskünfte zunickend, setzte Ingrid Rehbein ihren Weg fort. Das Licht, in dem sich ihr Wehlen zeigte, hatte sich wieder etwas aufgehellt.

»Herr Ober«, fragte Fritz Brühe abends den Kellner, der ihm die von ihm bestellten Kalbsnierchen an den Tisch brachte, »läßt sich eigentlich Fräulein Selzer im Lokal ihres Vaters hier öfters sehen?«

»Das kann man wohl sagen.«

»Heißt das«, freute sich Fritz, »daß sie sich sehr häufig hier sehen läßt?«

»Sie ist hinter allem her.«

»Wohl sehr rege, die Dame, wie?«

»Und tüchtig! Beides muß ja zusammenkommen, wenn die ganze Regsamkeit nicht verpuffen soll, sagte mein Großvater immer.«

»Sehr richtig.«

»Was darf ich Ihnen zu trinken bringen, Herr Brühe?«

Des Malers Miene verdüsterte sich ein bißchen.

»Irgendein Glas Wein, Herr Ober.«

»Wäre Ihnen ein schönes Pils lieber?«

»Herr Ober«, stieß Fritz hervor, »seien Sie kein Sadist. Sie kennen das Gebot, das auf mir lastet.«

»Das Gebot wurde aufgehoben.«

»Von wem?« fragte Fritz Brühe verblüfft.

»Von Fräulein Selzer.«

»Von der?«

»Ja.«

Fritz neigte spontan dazu, darin einen glatten Liebesbeweis zu sehen.

Ein neuer Gast betrat das Restaurant und blickte sich suchend nach einem Platz um. Der Kellner mußte sich um ihn kümmern.

»Entschuldigen Sie«, sagte er zu Brühe.

Die Nierchen schmeckten köstlich. Sie konnten darin nur noch übertroffen werden von dem kühlen Glas Bier, das ein Pikkolo dem Maler servierte.

Nach dem Essen ließ Brühe seinen Blick umherschweifen und entdeckte an einem Tisch in der Nähe der Tür zur Bar eine einzelne Dame, die er nach Männerart ganz automatisch innerlich abzutaxieren begann.

Nicht schlecht, die Kleine.

Was heißt »Kleine«?

Klein ist sie gar nicht; sie sitzt zwar, aber einssiebzig wird sie schon messen.

Oder sogar einsfünfundsiebzig.

Gute Beine.

Auch kein schlechter Busen.

Die ganze Figur gut.

Das Gesicht allerdings...

Nun, man sieht, daß sie nicht mehr die Jüngste ist.

Dreiunddreißig, schätze ich.

Kann auch noch älter sein.

Dafür aber, muß man sagen, sieht ihre Larve nicht schlecht aus.

Warum ist sie allein?

Hat sie keinen Mann?

Braucht sie einen?

In diesem Alter sind sie besonders scharf.

Fritz Brühe ließ sich ein neues Bier bringen, das ihm diesmal der Kellner selbst servierte.

»Schmeckt's, Herr Brühe?«

»Herrlich! Hoffentlich ist auch Herr Selzer einverstanden mit dem, was hier geschieht.«

»Sicher nicht, wie ich ihn kenne, aber das macht seine Tochter schon ab mit ihm, wie ich sie kenne. Wahrscheinlich hat sie es bereits getan.«

»Wo bleibt sie denn heute?«

»Heute?«

»Sie sagten doch, daß sie sich sehr oft hier sehen läßt.«

»Heute nicht mehr. Sie ist, soviel ich weiß, nach Bernkastel gefahren.«

Dann eben nicht, dachte Fritz etwas enttäuscht nach und fragte den Kellner: »Kennen Sie die Dame dort drüben?«

»Welche? Die in dem blauen Kleid? Das ist unsere Zahnärztin. Der Mann neben ihr ist ihr Gatte, ein Rechtsanwalt. Verdient nicht die Hälfte von ihr. Was sage ich – nicht ein Zehntel! So ist das heutzutage.«

»Ich meine die in dem lila Kleid.«

»Die einzelne?«

»Ja.«

»Die wohnt auch hier im Haus, aber ich sah sie heute zum erstenmal. Scheint eine Bekannte vom Chef zu sein.«

»So?«

»Ja«, nickte der redselige, alles andere als diskrete Kellner. »Als ich ihr die Karte brachte, sagte sie mir, sie will mit dem Essen warten, bis Herr Selzer kommt, mit dem sie verabredet ist. Um sieben Uhr, sagte sie.«

»Jetzt ist es aber schon halb acht«, meinte Fritz Brühe, nach einem raschen Blick auf seine Armbanduhr.

Der Kellner zuckte die Achseln.

»Die Geschäfte des Herrn Selzer halten ihn oft auf.«

»Der Dame scheint die Zeit lang zu werden. Sie raucht eine Zigarette nach der anderen.«

Der Kellner blickte zum Eingang.

»Da kommt ja Herr Selzer.«

Der Winzer ließ es sich nicht nehmen, den jungen Maler per Handschlag zu begrüßen.

»Wie geht's?« fragte er. »Was macht das Bild?«

»Michelangelo«, übertrieb Brühe, »malte an der Decke der Sixtinischen Kapelle Jahre!«

»Michelangelo«, antwortete Selzer, »war das der ... der ...«

Er gab es auf. Kunstgeschichte ist nur der wenigsten Winzer Stärke.

»Unsere Abmachung«, fuhr er fort, »beläuft sich auf drei Wochen, Herr Brühe.«

»Knappe drei Wochen, Herr Selzer.«

»Und? Klappt das?«

»Keine Bange, Herr Selzer.«

Der Winzer riß einen Witz.

»Ihr Bild wird ja auch viel kleiner als eine Kapellendecke.«

»Und nicht ganz so gut wie jenes, muß ich bekennen, verehrter Herr Selzer.«

Der Winzer zuckte zusammen.

»Soll das heißen, daß ich für mein Geld nichts Besonderes zu erwarten habe?«

»Das soll es keinesfalls heißen, Herr Selzer. Sie werden zufrieden sein.«

»Ich hoffe es.«

Damit wandte sich der Winzer ab und gab dem Kellner ein Zeichen, ihm zur Theke zu folgen. Dort sagte er zornig: »Hatte ich nicht angeordnet, daß dem nur Wein serviert werden soll?«

»Ja, aber –«

»Aber Sie haben meiner Anordnung zuwidergehandelt, Herr Gollwitzer!«

»Herr Selzer...«

»Was?«

»Ihre Anordnung wurde von Ihrer Tochter aufgehoben.«

Selzer schluckte.

»Wann?«

»Heute nachmittag.«

»Da fuhr die doch schon nach Bernkastel?«

»Vorher hat sie hier noch telefonisch Bescheid gesagt.«

Der Winzer verstummte. Sein mißbilligender Blick wanderte noch einmal hinüber zu dem Bierglas, das vor dem Maler auf dem Tisch stand. Es war ihm sofort ins Auge gefallen, als er das Lokal betreten hatte.

»Sonst alles in Ordnung?« fragte er pro forma den Kellner.

»Ja.«

Er wollte sich abwenden, doch der Kellner hinderte ihn

daran noch einmal, indem er, zum Tisch des Malers hinnik-kend, sagte: »Herr Selzer...«

»Ja?«

»Was gilt nun: Bier oder Wein?«

»Bier.« Das kam ziemlich gepreßt zwischen den Zähnen des Winzers hervor.

Inzwischen war es schon fast Viertel vor acht, und Ingrid Rehbeins Begrüßungsworte fielen dementsprechend aus, als Selzer vor sie hintrat.

»Welche Freude! Du kommst also doch noch!«

»Entschuldige, eher ging's nicht.«

»Ich bin am Verhungern.«

»Du hast noch nicht gegessen?«

»Nein.«

»Warum nicht?«

»Ich dachte, wir würden das zusammen tun.«

Er erhob sich noch einmal halb von dem Stuhl, auf den er sich gesetzt hatte, und rückte ihn besser zurecht.

»Also das«, sagte er dabei, »mußt du dir von Anfang an abgewöhnen. Wann ich esse, weiß ich vorher fast nie. Ich habe auch mit meiner Frau nur ganz selten zusammen gegessen. Muß ja auch nicht sein. Man ißt, wenn man Zeit und das Bedürfnis dazu hat. Gesellschaft ist dabei nicht notwendig. Solltest du aber nun den Eindruck haben, daß Essen keinen besonderen Stellenwert für mich besitzt, so irrst du dich.« Er lachte und klopfte sich auf seinen dicken Bauch. »Sieh mich an, das muß dir doch genügen.«

Ganz übergangslos griff er nach der Speisekarte und fing an, sie durchzusehen, nachdem er die Brille aufgesetzt hatte.

Ingrid Rehbein schwieg. Erst nach einer Weile fragte sie: »Hast du denn schon gegessen?«

Er nickte, ohne seinen Blick von der Karte zu wenden, und erwiderte: »Ja, allerdings nur etwas Kaltes im Büro, aber…«

Er legte die Karte beiseite, setzte seine Brille ab und steckte sie ins Futteral.

»Aber ein gefülltes Täubchen«, schloß er, »könnte mich trotzdem noch reizen.«

Er winkte dem Kellner und bestellte: »Zwei gefüllte Täubchen; keine Beilagen.«

Ingrid Rehbein wußte scheinbar nichts zu sagen. Stumm zündete sie sich eine Zigarette an. Er folgte ihrem Beispiel, dann setzte er abermals die Brille auf, ergriff die Karte und sah sie noch einmal durch, von oben bis unten.

»Ein Fischgericht ist zuwenig«, erklärte er zum Schluß. »Darüber muß ich mit Anne reden.«

»Wer ist Anne?« fragte ohne eigentliches Interesse Ingrid Rehbein. »Die Köchin?«

»Nein, meine Tochter. Sie kümmert sich um den Laden hier.«

»Macht sie's gut?«

»Ja. Nur manchmal entdecke ich einen Fehler. Ein Fischgericht zum Beispiel ist, wie ich schon sagte, zuwenig.«

»Lerne ich sie kennen?«

Nicht gerade begeistert erwiderte Selzer: »Das wird sich wohl nicht vermeiden lassen.«

Daraufhin verstummte Ingrid Rehbein wieder, bis er sagte: »Sie wächst mir schon ganz schön über den Kopf.«

»So?«

»Anordnungen von mir wirft sie über den Haufen, ohne sich das Geringste dabei zu denken. Wie das auf das Personal wirkt, ist ihr anscheinend völlig egal.«

»Du machst mich ja direkt neugierig auf sie.«

»Wenn ihr euch begegnet, möchte ich dir einen Rat geben.«

»Welchen?«

»Sag nicht etwa Anna zu ihr, sondern unbedingt Anne. Was anderes mag sie nicht.«

»Ich werd' mir's merken.«

»Schlimmere Marotten hat sie keine mehr. Heute –«

Der Winzer wurde unterbrochen. Die gefüllten Täubchen kamen. Sie sahen verführerisch aus und rochen auch so. Schon wollte er sich über sie hermachen, als ihm etwas auffiel.

»Und du?« fragte er Ingrid. »Was ißt du?«

»Ich weiß nicht, was du mir bestellt hast.«

»Ich?« Er ließ Gabel und Messer sinken, die er schon über einem der beiden Täubchen erhoben hatte. »Ich habe dir gar nichts bestellt.«

»In der Tat, diesen Eindruck hatte ich auch, aber ich sträubte mich dagegen, ihn für zutreffend zu halten. Doch nun bestätigst du ihn mir ja selbst.«

Die Situation schien sogar dem Winzer irgendwie peinlich zu sein.

»Ingrid… ich… du…«, krächzte er.

»Du darfst deine Täubchen nicht kalt werden lassen«, fiel sie ihm ins Wort.

»Ich werde eins dir abtreten, Ingrid.« Dies schien ihm der rettende Einfall zu sein.

Er wurde abgeschmettert.

»Täubchen mag ich keine.«

»Was dann?«

»Das muß ich erst sehen«, erwiderte sie, nach der Karte greifend.

Natürlich kannte sie dieselbe längst auswendig, hatte sie sich doch schon eingehend genug mit ihr beschäftigt gehabt, ehe er erschienen war. Aber es tat ihr gut, die Situation noch auszuwalzen, zum Leidwesen des Winzers, der gewiß einsehen mußte, daß von seinem Benehmen kein besonderer Glanz ausging. Die Scharten, die von ihm auszuwetzen waren, mehrten sich.

Ingrid suchte lange in der Karte. Der warme Dampf, der von den Täubchen aufstieg, wurde schwächer.

»Laß sie nicht kalt werden«, sagte sie, einen Nebenblick auf die Tierchen werfend, noch einmal.

Er räusperte sich.

»Du hast wirklich nichts dagegen, wenn ich anfange?«

»Beileibe nicht.«

Er fing an zu essen, konnte aber nicht mehr den richtigen Appetit dabei entwickeln.

Ingrid wählte endlich ein Pariser Schnitzel und fand es köstlich. Dieser Umschwung in ihrer Stimmungslage hatte sich jedoch erst abzuzeichnen begonnen, als Selzers Niederlage unwiderruflich feststand. Ganz verurteilen mochte sie ihn freilich noch nicht, dazu war ihr das Gespräch, das sie mit dem Eisenbahner geführt hatte, noch allzu gegenwärtig.

Im Buch des Schicksals stand geschrieben, daß dieser ganze Abend für Selzer keinen günstigen Verlauf nehmen sollte.

Doppelbetten wurden keine benötigt. Bald teilte nämlich der Kellner dem Winzer mit, daß er am Telefon verlangt werde.

»Von wem?«

»Von Ihrer Tochter, Herr Selzer.«

»Die ist doch in Bernkastel.«

»Sie ruft auch aus Bernkastel an, Herr Selzer.«

Idiot, dachte Ingrid.

»Entschuldige mich«, sagte Selzer zu ihr, sich erhebend, und als er vom Telefon zurückkam, begann er ganz ähnlich: »Du mußt mich entschuldigen, leider kann ich mich dir heute abend nicht mehr länger widmen. Da hat sich etwas angebahnt. Geschäftlich, verstehst du. Aber morgen holen wir alles nach, ja?«

Er dachte an die Doppelbetten und hoffte, daß sie dasselbe tat. Die geschiedene Frau Rehbein aber widmete sich mit ganzer Seele ihrem Dessert, das der Ober ihr nach dem Schnitzel gebracht hatte. Es bestand aus Vanilleeis mit heißen Himbeeren.

»Also dann«, sagte Selzer, sich räuspernd.

»Bitte?« antwortete sie fragend, ohne von ihrem Schüsselchen aufzublicken.

»Dann hau' ich ab.«

»Wohin?«

»Nach Bernkastel.«

»Ach ja.«

»Du hast offensichtlich«, sagte Selzer, sich abermals räuspernd, »überhaupt nicht zugehört...«

»Doch, doch.«

»Meine Tochter hat angerufen, in einer geschäftlichen

Sache. Das kann ich mir nicht durch die Lappen gehen lassen.«

»Ich verstehe.«

»Morgen holen wir alles nach, nicht?«

»Das hast du schon gesagt, ja.«

»Also dann.«

»Auf Wiedersehen, Baptist.«

»Wiedersehen, Ingrid.«

Sie ist sauer, dachte er, als er zur Tür ging. Weiber sind so, sie verstehen nicht, daß Geschäfte vorgehen. Nicht einmal angesehen hat sie mich mehr. Das Eis und dieser Dreck da – Himbeeren, glaube ich – waren ihr wichtiger.

Er kam an Brühes Tisch vorüber.

»Gehen Sie schon, Herr Selzer?«

»Muß weg.«

»Und Ihre Dame, wer kümmert sich um die?«

Der Winzer stoppte kurz.

»Damit wir uns gleich richtig verstehen, junger Freund – von der lassen *Sie* die Finger! Ein für allemal, sonst fliegen Sie hier hochkant raus!«

»Aber...«

Baptist Selzer hatte sich schon wieder in Bewegung gesetzt, und wenige Augenblicke später hörte man, wie draußen der Motor des Wagens ansprang, mit dem der Winzer übelgelaunt in die Uferstraße einbog, um sich Bernkastel zuzuwenden, wo es seinen Reichtum wieder einmal zu mehren galt.

Fritz Brühes Ärger verflog bald wieder. Was hat man von solchen Leuten schon zu erwarten, dachte er, denen Michelangelo kein Begriff ist? Ich werde ihm seinen Weinberg malen, und dann kann er mich kreuzweise. Mit dem Weib dort drüben scheint er etwas zu haben. Ich wollte doch von der gar nichts, die wäre mir entschieden zu alt. So wie die allerdings immer noch gebaut ist, hätte sie sich freilich einen anderen suchen können als den. Ob der wohl glaubt, daß die nur auf ihn scharf ist? Schön blöd, wenn er das tut. Na, nicht mein Bier.

Apropos Bier...

»Herr Ober!«

»Bitte?«

»Kann ich noch ein Pils haben?«

»Selbstverständlich.«

Der Ober brachte das Glas, es war das fünfte.

»Zum Wohle, Herr Brühe.«

»Danke. Wie heißen Sie?«

»Bitte?«

»Wie Sie heißen? Ich möchte mich nämlich mit Ihnen anfreunden, da ich ja noch länger hier wohnen werde. Deshalb würde mich Ihr Name interessieren. Darf ich ihn also erfahren?«

»Gollwitzer.«

»Wie der bekannte Professor?«

»Ja.«

»Sehr schön, Herr Gollwitzer. Sind Sie mit meinem Vorschlag einverstanden?«

»Warum nicht, Herr Brühe?« antwortete der Kellner sogar erfreut.

»Ich mag dieses dauernde ›Herr Ober‹ nicht, wissen Sie.

Finde das so unpersönlich. Wann macht die Bar auf?«

»Die ist schon in Betrieb, Herr Brühe.«

»Gibt's in der auch Bier?«

»Sicher.«

»Sehr schön. Sollten Sie mich also hier plötzlich vermissen, dann wissen Sie, wo ich zu finden bin.«

»In der Bar«, nickte der Kellner feixend.

Fritz Brühe setzte sein Vorhaben bald in die Tat um.

Die Bar war klein, sie bot nur ein paar eng aneinanderstehenden Tischen Platz. Als Brühe sie betrat, stellte er fest, daß der Ober gewissermaßen den Mund zu voll genommen hatte. Von »Betrieb« konnte noch keine Rede sein. Die Bar hatte zwar schon auf, aber er, Brühe, war erst der erste Gast. Die Beleuchtung ließ, wie zu erwarten, zu wünschen übrig. Sie war eben »schummrig«, anders gehörte sich das auch nicht. Ein Mädchen mit roten Haaren, gefärbten, löste sich aus dem fast schwarzen Schatten in einer Ecke und ging hinter die Theke. Sie entledigte sich einer brennenden Zigarette, nachdem sie noch einmal einen tiefen Zug aus dieser genommen hatte, drückte sie in einem Aschenbecher aus, richtete ihren Blick auf Brühe, der etwas unschlüssig herumsah, ob er bleiben oder wieder kehrtmachen sollte, und sagte zu ihm in aufmunterndem Ton: »Guten Abend. Ich bin Sylvia und nur für Sie da.«

»Guten Abend, Sylvia. Ich bin Fritz.«

Die Frage, ob bleiben oder nicht, war entschieden.

»Was möchten Sie trinken, Fritz?«

»Bier.«

»Bier?«

»Bier.«

War also kein Witz, dachte sie, er will wirklich dieses Gesöff. Und dazu soll ich ihm auch noch schöne Augen machen.

»Sind Sie enttäuscht, Sylvia?«

»Nein, wieso?«

»Weil ich keinen Champagner trinke.«

»Mögen Sie denn keinen?«

»Das weiß ich nicht.«

»Wie?«

Sylvia hatte die Augen aufgerissen und riß sie noch weiter auf, als Fritz fortfuhr: »Ich habe noch nie einen probiert, kann also nicht sagen, ob er mir schmecken würde oder nicht.«

»Sie... Sie haben noch nie...?«

»Nein.«

»Und warum... haben Sie noch nie...?«

»Ganz einfach: weil es mir immer am nötigen Kleingeld dazu gefehlt hat, Sylvia.«

Nun fiel ihr auch noch der Unterkiefer herunter. Daß ihr das einer so ohne weiteres eingestand, hatte sie noch nie erlebt. Ihre Gäste pflegten da ganz anders geartet zu sein. Sie verlegten sich immer darauf, das Gegenteil zu erzählen. Und was hatte sich dennoch schon oft bei nicht wenigen herausgestellt?

»Wissen Sie was, Fritz?«

»Was?«

»Sie verdienen eine Prämie.«

»Wofür? Wieso?«

»Ihre Ehrlichkeit darf nicht unbelohnt bleiben.«

»Das klingt ja gerade so, als ob *Sie* mich belohnen wollten, Sylvia.«

Sie lachte.

»Wird wohl so sein, da ja niemand anders hier ist, Fritz.«

»Und mit was?« Mit fünf Pils intus, ging er aufs Ganze. »Mit einem Kuß?«

Einverstanden – aber nicht gar so schnell, dachte Sylvia und sagte: »Nein, mit einem Glas Champagner.«

So fing es an, und wer weiß, wie es geendet hätte, wenn nicht Sylvia, nachdem sie beide zusammen eine ganze Flasche bester französischer Produktion geleert hatten, von anderen Pflichten in Anspruch genommen worden wäre. Eine Gruppe Leverkusener Ausflügler drängte nämlich plötzlich herein, und im Nu war die kleine Bar voller Bewegung, Lärm und Zigarettenqualm. Fritz Brühe fühlte sich rasch buchstäblich an die Wand gedrängt und beschloß deshalb, das Feld zu räumen.

»Sind Sie morgen auch wieder hier?« rief er Sylvia mit lauter Stimme zu, um den Leverkusener Krach zu übertönen.

»Sicher«, rief sie zurück. »Wollen Sie schon gehen?«

»Ich trinke bei Herrn Gollwitzer noch ein Glas.«

»Tschüß.«

»Wiedersehen.«

An der Tür prallte er mit einer Dame zusammen, die er im ersten Moment fast nicht erkannt hätte. Dann sah er, daß es die Dame war, von der er die Finger zu lassen hatte.

»Wollen Sie da rein?« fragte er sie, mit dem Daumen über seine Schulter zurück in die Bar zeigend.

»Mal schauen«, antwortete sie.

»Das hätten Sie aber eher tun sollen. Jetzt ist da der Teufel los.«

Sie blickte ihn an. Was mache ich mit dem angebrochenen Abend, schienen ihn ihre Augen zu fragen. Unschlüssig stand sie da und ließ es mit sich geschehen, daß er sie am Oberarm nahm, sie herumdrehte und zurück ins Lokal führte, ins Reich des Kellners Gollwitzer.

»Herr Selzer wird mir's danken«, sagte er dabei.

»Was wird Ihnen Herr Selzer danken?« fragte sie ihn.

»Daß ich Sie dazu gebracht habe, nicht da reinzugehen. Er wäre bestimmt dagegen.«

Sie blieb stehen, blickte zurück zur Bar.

»Herr Selzer hat mir keine Vorschriften zu machen.«

»Wollen wir uns nicht hier setzen und noch einen Schluck zu uns nehmen?«

»Meinetwegen«, nickte sie nach kurzem Zögern und nahm auf einem Stuhl am nächsten Tisch Platz.

Brühe folgte ihrem Beispiel.

Gollwitzer hatte die beiden schon bemerkt und eilte herbei.

»Noch einen Wunsch, die Herrschaften?«

»Einen Kaffee, bitte«, sagte Ingrid Rehbein.

»Dasselbe«, schloß sich Fritz Brühe an, Gollwitzers erstaunten Blick ignorierend.

Der Kellner verschwand, und Frau Rehbein sagte zu Brühe: »Sie hätten aber ruhig auch noch ein Bier trinken können.«

»Und Sie einen Campari.«

»Aha, Sie haben mich also beobachtet.«

»Sie mich auch.«

Das stimmte auf beiden Seiten, gegenseitiges Versteckspiel konnten sie sich also schenken.

»Sie aßen Kalbsnierchen«, fuhr sie fort.

»Ja.«

»Waren sie gut?«

»Hervorragend. Ihr Schnitzel auch?«

»Auch. Desgleichen das Eis.«

»Der Laden hier scheint prima geführt zu werden.«

»Das macht eine Frau.«

»Ich weiß, die Tochter des Besitzers.«

»Sie sind offenbar im Bilde.«

»Sie auch.«

»Mich hat Herr Selzer selbst ein bißchen eingeweiht.«

»Mich Herr Gollwitzer.«

»Wer«, fragte Ingrid Rehbein, »ist Herr Gollwitzer?«

»Unser Ober hier.«

»Ach, so heißt der.«

»Da kommt er ja mit unserem Kaffee.«

»In der Tat«, wunderte sie sich. »Das geht wirklich fix hier.«

Der Kaffee war kochend heiß. Brühe, unvorsichtiger als Frau Rehbein, verbrannte sich halb den Schnabel. Er beschimpfte sich selbst ein bißchen, stellte fest: »Mit einem sechsten Pils hätte mir das nicht passieren können.«

Stark war dieser Witz nicht.

»Übrigens«, fiel ihm plötzlich ein, und dazu wäre es längst Zeit gewesen, »mein Name ist Brühe; Fritz Brühe.«

66

»Ich heiße Ingrid Rehbein.«

»Darf ich fragen, woher Sie kommen, Frau Rehbein?«

»Aus Koblenz.«

»Aus Koblenz?! Ich auch!« rief er.

Nun war Koblenz ein bißchen an der Reihe, als Neuestes die Erhöhung der dortigen städtischen Verkehrsmitteltarife; nicht lange aber, und Ingrid fragte: »Was führt Sie nach Wehlen, Herr Brühe?«

»Hat Ihnen das Herr Selzer nicht gesagt?«

»Nein.«

»Er engagierte mich dazu, ihm einen seiner Weinberge zu malen.«

»Sie sind Maler?«

»Kunstmaler!« erwiderte Brühe mit Betonung.

»Kunstmaler, natürlich, verzeihen Sie.«

»In zweieinhalb Wochen ist irgendein Jubiläum, dazu will er das Bild haben.«

»Hoffentlich haben Sie ein entsprechendes Honorar ausgehandelt.«

Fritz Brühe mußte lachen.

»Das sagen ganz spontan alle zu mir, denen ich davon erzähle.«

»Und? Haben Sie?«

»Ja.«

»Das freut mich. Dann können Sie mich ja in Koblenz mal zum Essen einladen.«

»Sicher«, sagte Brühe, ohne daß es ihm ernst gewesen wäre. »Aber haben Sie denn nicht die Absicht, Ihren Wohnsitz nach hier zu verlegen?«

»Wieso?«

Er merkte, daß er sich etwas zu weit vorgewagt hatte, und wußte nicht gleich, wie er fortfahren sollte.

»Nun…«, räusperte er sich.

Sie wartete.

Er fuhr fort: »Ich dachte…«

»Was dachten Sie?«

»Ich hatte den Eindruck…«

»Welchen Eindruck?«

»Daß Sie… daß Herr Selzer…«

»Daß Herr Selzer?«

»Daß er Absichten auf Sie hat.«

Endlich war's raus, und um die Wirkung umgehend wieder etwas abzudämpfen, setzte er sogleich hinzu: »Entschuldigen Sie, es geht mich ja nichts an.«

»Wieso hatten Sie diesen Eindruck?«

»Weil er zu mir sagte, daß ich…«

»Daß Sie was?«

»Daß ich die Finger von Ihnen zu lassen habe.«

Brühe seufzte. Eine schwere Geburt war das gewesen. Hätte er nicht schon eine Menge Promille im Blut gehabt – von Pils und Champagner als Gemeinschaftsproduktion erzielt –, wäre ihm die Indiskretion ohnehin nicht über die Lippen gekommen. Es bestand ja auch gar kein Anlaß dazu, aber Leute, die unter Alkoholeinwirkung stehen, sind nun einmal mehr oder minder unzurechnungsfähig.

»Herr Brühe«, sagte Ingrid Rehbein, »wiederholen Sie das bitte noch einmal.«

»Was?«

»Die Worte des Herrn Selzer.«

»Warum?«

»Ich finde die so hübsch, so elegant.«

»Frau Rehbein, Sie... Sie werden ihm doch nicht böse sein?«

»Soll ich mich freuen?«

»Herr Selzer ist ein Mann, der das nicht so meint.«

»Wie meint er's denn?«

»Na, er...« Brühe verstummte, dann stieß er hervor: »Er macht halt Rechte auf Sie geltend.«

»Die er nicht hat!«

»Sind Sie doch froh, daß ihm danach ist!«

»Wie hat er sich denn wörtlich ausgedrückt?«

Brühe zögerte ein bißchen, erwiderte aber dann doch: »Wie ich es Ihnen sagte.«

»Daß Sie die Finger von mir zu lassen haben.«

»Ja, aber –«

»Hatten Sie denn die Absicht, Ihre Finger an mich zu legen?«

Das war eine Frage, die dem Einschlag einer kleinen Bombe glich; sie stürzte den Maler in eine gewisse Panik. Die Rettung sah er darin, spontan, aber unüberlegt auszurufen: »Aber nein! Nie im Leben!«

»Nie im Leben?«

»Nein, ich schwöre es Ihnen!«

»So wenig anziehend finden Sie mich?«

Der zweite Bombeneinschlag. Nun hat aber der Mensch die Eigenschaft, sich an die Gefahr zu gewöhnen. Er schreckt bald nicht mehr vor ihr zurück, und diese Erfahrung bestätigte sich auch hier wieder einmal.

Ein schlichtes »Ja« wäre die Antwort gewesen, die den jungen Maler vor weiterer Fährnis bewahrt hätte; statt dessen erwiderte er keck: »Das will ich nicht sagen.«

»Können Sie nicht noch etwas deutlicher werden?«

»Ich finde Sie durchaus anziehend.«

»So anziehend, daß Sie die Finger an mich legen würden?«

»Frau Rehbein, ich... Sie...«

»Was?«

»Benützen Sie doch nicht immer diese Redensart.«

»Weichen Sie mir nicht aus! Oder bin ich Ihnen schon zu betagt?«

Ein scharfes Weib, dachte er. Die will mich wohl fertigmachen. Warum auch nicht, ihr alter Weinbauer schwimmt zwar im Geld, aber er bringt nicht mehr das, was ich noch zu bieten hätte.

Erwischen dürfte er uns aber nicht...

»Frau Rehbein, Ihre Frage ist so abwegig, daß sie gar keine Antwort verdient.«

»Wirklich?«

»Sie stechen doch noch jeden Teenager aus.«

Das war zwar ganz starker Tobak, aber im Rahmen dieses Themas kann auch der intelligentesten Frau der Tobak gar nicht stark genug sein.

»Sie sind ein Charmeur, Herr Brühe«, sagte Ingrid Rehbein begeistert.

»Sie fordern das geradezu heraus, Frau Rehbein. Darf ich Ingrid zu Ihnen sagen?«

»Gern, Fritz.«

»Herrn Selzer muß das aber verborgen bleiben.«

Am liebsten hätte sie geantwortet, daß Herr Selzer – mit seinem komischen Vornamen Baptist – ihr vollkommen und absolut schnuppe sei, aber dann fielen ihr die Verlautbarungen des Eisenbahners ein, dem sie nachmittags begegnet war, und sie sagte: »Von mir erfährt er es nicht.«

Nach zwei, drei Sekunden Pause setzte sie bekräftigend hinzu: »Ich sehe überhaupt keinen Grund, ihm alles auf die Nase zu binden.«

Das Wörtchen »alles« war es, das die entscheidenden Perspektiven eröffnete.

Meine Annahme stellt sich als zutreffend heraus, dachte Brühe. Die will mich fertigmachen. Aber darin täuscht sie sich. Wenn hier jemand fertiggemacht wird, dann *sie* von *mir!*

Er winkte dem Kellner.

»Herr Gollwitzer, können Sie uns noch etwas bringen?«

»Gewiß. Noch einmal Kaffee?«

»Nein. Für mich ein Pils. Und für die Dame einen Campari.«

Einverstanden, Ingrid? fragte sein Blick sie stumm.

»Eigentlich«, antwortete sie aufrichtig, »würde ich schon lieber schlafen gehen, denn…«

»Es ist doch noch nicht einmal elf«, fiel er ihr ins Wort.

»Trotzdem. Ich bin müde«, log sie. »Wissen Sie, die Reise…«

»Nur das eine Glas noch, bitte.«

»Also gut. Aber für Sie wird's dann auch Zeit – oder?«

Diese Frage war kategorischer Natur und erheischte eine klare Antwort – entweder ja oder nein!

»Ja«, nickte er.

Der Ober brachte den Campari und das Pils.

»Herr Brühe«, sagte er grinsend, »es wurde wegen Ihnen heute abend hier auch schon angerufen.«

»Wegen mir?«

»Ja.«

»Kann ich mir gar nicht denken. Von wem denn?«

»Von Fräulein Selzer.«

»Und?« stieß Fritz Brühe wie aus der Pistole geschossen hervor.

»Sie hat sich erkundigt, ob das hier für Sie richtig läuft, mit dem Bier, wissen Sie.«

Der Maler strahlte.

»Ist aber nett von ihr, nicht?«

»Ich habe mir erlaubt, ihr zu sagen, daß unser diesbezügliches Angebot Ihren vollsten Zuspruch findet, Herr Brühe.«

»Das war keine falsche Information, die Sie da erteilt haben, Herr Gollwitzer.«

Beide lachten, ihr Vergnügen schien jedoch von Frau Rehbein nicht geteilt zu werden.

»Worum geht's?« fragte sie knapp.

Brühe erzählte es ihr, berichtete, wie Anne Selzer die Anordnung ihres Vaters außer Kraft gesetzt hatte. Er mußte aber erleben, daß Ingrid sich unbeeindruckt zeigte.

»Ich weiß nicht, was daran so großartig sein soll«, sagte sie. »Was ich sehe, ist, daß einer ein unmögliches Gebot erließ. Nichts lag näher, als dasselbe aus der Welt zu schaffen.«

Eine Pause entstand, da keiner der Herren etwas antworte-te. Gollwitzer entsann sich wieder seiner Pflichten. Sein Blick fiel auf einen vollen Aschenbecher auf einem Tisch in der Nähe – ein Grund, sich mit diesem zu entfernen.

»Ich verstehe Ihre Begeisterung wirklich nicht, Fritz«, sagte Ingrid. »Oder hat dieses Mädchen noch andere Attrak-tionen aufzuweisen?«

Aha, daher wehte also der Wind. Eifersucht.

»Hat sie!« sagte Fritz knapp. Die reife Ingrid war dabei, bei ihm rapide an Boden zu verlieren. Sie reihte einen Fehler an den anderen.

»Welche denn?« ließ sie nicht locker.

»Allerhand.«

»Können Sie mir konkret ein paar nennen?«

»Wozu? Sie werden sie ja sicher kennenlernen.«

»Wahrscheinlich sehe ich sie dann mit anderen Augen als Sie.«

»Das kann ich mir vorstellen.«

»Der Vater von ihr hatte heute etwas an ihr auszusetzen.«

»So? Was denn?«

»Haben Sie sich die Speisekarte angesehen?«

»Einigermaßen. Warum?«

»Sie enthält nur ein Fischgericht.«

»Kann sein. Und?«

»Ein einziges Fischgericht, das ist für ein solches Lokal zuwenig.«

»Das sagt ihr Vater?«

»Ja, und er wird darüber mit ihr ein Wörtchen reden.«

So?« erwiderte Brühe. »Wird er das?« Und ironisch fuhr

er, Ingrid kühl musternd, fort: »Ich stelle fest, Frau Rehbein, daß Sie plötzlich uneingeschränkt auf seiten des Herrn Selzer zu stehen scheinen. Wieso das? Bisher hatte ich nicht diesen Eindruck.«

»Fritz, ich…«

Sie brach ab, da der Kellner mit dem entleerten Aschenbecher zurückkam. Als er ihn auf den Tisch in der Nähe gestellt hatte, rief ihm Brühe zu: »Herr Gollwitzer, sollten Sie früher als ich mit Fräulein Selzer zusammentreffen, sagen Sie ihr bitte, daß ich mich für ihre Fürsorge bedanke.«

»Mache ich, Herr Brühe.« Der Ober trat zögernd näher. »Im übrigen hatte sie heute, sagte sie mir auch, schon einen großen Schutzengel.«

»Wer? Fräulein Selzer?«

»Ja, sie und Herr Zumberg.«

»Herr Zumberg?«

»Ja, er ist wieder einmal zu schnell gefahren und wäre um ein Haar kurz vor Bernkastel mit einem Laster zusammengeprallt.«

»Ist sie denn mit dem nach Bernkastel?«

»Ja.«

»Was hat sie mit ihm zu schaffen?«

»Er ist doch ihr Verlobter. Wußten Sie das noch nicht?«

»Ingrid«, sagte Brühe, als die beiden nach oben gingen, um – getrennt – ihre Zimmer aufzusuchen, »mir scheint, ich muß da ein Mißverständnis, das es zuletzt zwischen uns gegeben hat, aufklären.«

»So?«

»Fräulein Selzer interessiert mich nicht.«

»So?«

»Ich habe nichts mit ihr zu tun, und sie nichts mit mir. Sie haben das ja soeben gehört.«

»Mir entging aber nicht, daß Ihnen deren Bindung unbekannt war.«

»Nicht ganz! Ich wußte, daß sie verlobt ist, nur nicht, mit wem; spielt das aber eine Rolle?«

»Daß sie verlobt ist, wußten Sie?«

»Ich schwöre es. Damit scheidet jeder Gedanke, den Sie mir anscheinend unterstellen, aus, Ingrid.«

»Fritz!«

Die Sonne ging wieder auf in Ingrids Gesicht.

»Es war ein Irrtum von mir, Fritz.«

»Ein großer, Ingrid.«

»Ich bin froh, daß er sich aufgeklärt hat.«

Beide waren auf der Treppe stehengeblieben und wußten nun, daß sich die Gefahr einer Trennung voneinander, fällig schon in der nächsten Minute, verflüchtigt hatte.

Niemand sonst zeigte sich auf der Treppe. Von unten drang gedämpft aus der Bar Lärm nach oben.

Der Maler sah seiner näheren Landsmännin aus Koblenz tief in die Augen. »Ingrid!« sagte er gekonnt.

»Fritz!«

»Du!«

»Du!«

Der erste Kuß kam, und er erwies sich als sogenannter Dauerbrenner. Ingrid wurde dabei von Fritz so heftig gegen das Treppengeländer gedrückt, daß sich das alte Holz, aus dem das Geländer bestand, gezwungen sah, leise zu knarren. Nur dabei aber trat an Ingrid gewissermaßen Nachgiebigkeit in Erscheinung; in allem anderen blieb sie nicht nur gleichrangig mit Fritz, sondern lief ihm den Rang sogar noch ab. Bezeichnend dafür war ein kleiner, mit heißem Atem geraunter Dialog zwischen den beiden:

»Du kannst mich nicht schon hier ausziehen, Fritz.«

»Ich folge doch nur deinem Beispiel, Ingrid.«

In echauffiertem Zustand setzten sie ihren Weg fort.

»Welche Zimmernummer hast du?« fragte er sie.

»Vierunddreißig. Aber wichtiger ist die deine.«

»Wieso?«

»Weil ich dir auf dein Zimmer folgen werde.«

»Nicht ich dir auf deines?«

»Nein.«

»Warum nicht? Das wäre doch das Üblichere.«

»Du meinst, ein Mann schleicht sich leichter durch die Korridore?«

»Ja.«

»Stimmt schon, aber ich denke an Selzer.«

»Selzer?« Sein Gesicht hatte sich verschattet. »Du solltest den nicht gerade jetzt erwähnen.«

»Ich muß es!«

»Weshalb?«

»Er hat sich – ohne mich vorher zu informieren, das möchte ich ausdrücklich betonen! – ein Doppelzimmer für mich ausgedacht.«

»Na und? Er ist ja nicht da.«

»Aber er könnte auf die Idee kommen, mir mitten in der

Nacht einen Besuch abzustatten. Und dann fände er dich bei mir vor. Wär' doch peinlich – auch für dich.«

»Mein Auftrag wäre jedenfalls im Eimer.«

»Siehst du, und das muß ja nicht sein.«

»Aber dir kommt er unvermeidlich auf die Schliche, wenn du nicht in deinem Zimmer bist.«

»Meinetwegen. Dann weiß er ja immer noch nicht, bei wem ich mich befinde, und ich kann das morgen allein mit ihm abmachen – egal, wie's ausgeht.«

»Du bist Klasse, Ingrid.«

»Bin ich auch!«

»Es muß ja gar nicht sein, daß er auftaucht.«

»Eben.«

»Auf alle Fälle wächst meine Verpflichtung dir gegenüber ins Riesenhafte.«

»Du sagst es«, meinte sie, frivol lachend. »Und ich kann's schon gar nicht mehr erwarten, daß du dich der Einlösung deiner Verpflichtung gewachsen zeigst. Wo ist denn nun dein Zimmer?«

Kurz darauf war die Frage zu beantworten, wer als erster zur Badbenützung an der Reihe wäre.

»Du«, sagte sie zu ihm. »Ich brauche länger als du. Inzwischen kannst du ja dann schon das Bett anwärmen.«

»Brauchen wir denn ein warmes Bett?«

»Das wird ganz von dir abhängen, Liebling.«

»Ich lege dir im Bad frische Handtücher zurecht.«

»Eines, das nicht zu klein ist, mag vorerst genügen.«

Ehe er die Badezimmertür hinter sich schloß, hörte er noch, wie ihr Feuerzeug klickte, mit dem sie sich eine Zigarette anzündete. Dieses Klicken sollte sich in den nächsten Stunden noch oft wiederholen. Ingrid offenbarte die Angewohnheit, jedesmal, wenn sie von einem Gipfel der Lust hinabgefallen war in ein Tal hormonalen Wiederaufbaus, eine Zigarette zu rauchen. Die bildete einen Leistungspegel, an dem mit unbedingter Zuverlässigkeit Fritz Brühes anwachsende Leistung zu messen war. Die Kippen im Aschenbecher gaben numerisch und fast auch im Wortsinn darüber Aufschluß.

Die Frivolität, mit der Ingrid Rehbein auf freundschaftlichem Fuß stand, veranlaßte sie, gegen Morgen zu sagen: »Fritz, in meiner Packung stecken nur noch zwei Zigaretten. Hast du noch welche?«

»Nein. Zwei werden dir aber, denke ich, reichen.«

»Denkst du? Und ich hätte gerne noch jede von ihnen in der Mitte auseinandergebrochen.«

»Ingrid!!«

»Ja?«

»Du machst mich fertig!«

»Das hast du wohl nicht geglaubt, wie?«

Er hatte es in der Tat nicht geglaubt, aber nun zögerte er nicht, einzugestehen, daß er sich geschlagen fühlte. Den kurzen Rest der Nacht, der ihm noch blieb, nachdem Ingrid ihn verlassen hatte, um auf ihr Zimmer zu huschen, schlief er wie ein Stein.

In dieser Nacht hatte Amor, der Gott der Liebe, auch noch im Zusammenhang mit einem anderen Paar zu tun.

Gegen ein Uhr früh fuhr Hermann Zumberg in seinem

Porsche von Bernkastel zurück nach Wehlen. Wie immer drückte er aufs Gas. Bei ihm im Wagen saß seine Verlobte. Gar nicht verstohlen gähnte sie.

»Müde, Anne?« fragte er.

»Ja«, antwortete sie. »Aber du hältst mich schon noch wach mit deinem Tempo.«

»Angst?«

»Wär' das ein Wunder nach dem Schrecken gestern abend?«

»Schuld hätte nicht ich gehabt, sondern der Laster.«

»Dazu kann ich wieder einmal nur sagen: Was hast du davon, wenn du tot bist?«

»Ich fahre eben zu schnell, willst du nicht vergessen, hinzuzufügen.«

»Du fährst eben zu schnell.«

Sie gähnte wieder. Es hatte, wußte sie, im Rahmen dieses Theamas keinen Zweck, auf ihn einzureden.

»Ich bin daran interessiert«, sagte er, »dich bis Wehlen wachzuhalten.«

»Und dann?«

»Was dann?«

»Wenn du mich bis Wehlen wachgehalten hast, was dann?«

»Deine Frage allein zeigt, daß du einer Antwort von mir nicht bedürftig bist. Du weißt, was dann.«

»Ich weiß aber nicht, ob mir das heute noch Spaß machen wird.«

Spaß macht's dir doch eigentlich immer, dachte er, mehr als mir. Er sagte das aber nicht, sondern schwieg beleidigt.

»Aha«, meinte sie nach einer Weile. »Eingeschnappt.«

Er räusperte sich.

»Ich bin nicht eingeschnappt, meine Liebe, aber…«

Zweites Räuspern.

»…aber ich frage mich, warum du, obwohl wir uns fast vier Wochen lang nicht gesehen haben, kein Verlangen nach mir zu haben scheinst.«

»Kein Verlangen nach dir… Du hast oft so komische Formulierungen am Leib, Hermann.«

»Komische Formulierungen? Wie soll ich es sonst ausdrücken?«

»Überhaupt nicht.« Sie rückte etwas hinüber zu ihm und drückte sich an seine Seite. »Nimm mich hernach einfach in deine Arme und…«

Sie brach ab, seufzte nur noch.

»Hernach?« hakte er ein.

»Hm.«

»Dann habe ich dich also mißverstanden, du weist mich nicht zurück?«

»Schon wieder eine solche Formulierung! Nein, ich weise dich nicht zurück.«

»Gehn wir zu dir oder zu mir?«

»Zu mir.«

»Dein Vater hat ja wohl nichts dagegen, wenn mein Wagen vor eurem Haus steht.«

»Nein. Abgesehen davon ist es überhaupt unwahrscheinlich, daß er heute nacht noch nach Hause kommt. Du hast ja erlebt, daß die in Bernkastel ihn festgehalten haben. Der Geschäftsabschluß mußte gefeiert werden, und mit Promille fährt er eigentlich nie. Er fürchtet das Bußgeld.«

»Mehr als das Gefängnis!« lachte Zumberg.

Die ersten Häuser von Wehlen tauchten im Scheinwerferlicht auf.

»Er hat heute eine Gelegenheit genutzt«, fügte Zumberg hinzu, »mich wieder einmal zu fragen, wann wir heiraten werden, Anne.«

»Solche Gelegenheiten nutzt er bei mir jeden zweiten Tag, Hermann.«

»Und was sagst du ihm?«

»Bald.«

»Mir sagst du das aber nicht, wenn ich dich frage.«

»Doch.«

»Nein.«

»Vielleicht fragst du mich zu selten danach.«

Der Wagen verlangsamte die Fahrt und stoppte vor der Selzer-Villa, wie sie im ganzen Ort hieß. Annes Verlobter stellte den Motor ab, zog den Zündschlüssel aus dem Schloß, drehte sich halb hinüber zu seiner Braut und sagte, mit den Wagenschlüsseln klimpernd: »Ein Hermann Zumberg fragt das nicht jeden zweiten Tag, meine Liebe.«

Anne blickte ihn daraufhin ein Weilchen an, nickte und antwortete nur: »Ja.«

Ich mag ihn doch, dachte sie dabei, er gefällt mir, alle beneiden mich um ihn, aber machmal fällt er mir auf den Wecker – so wie jetzt eben.

Ein Hermann Zumberg fragt das nicht jeden zweiten Tag...

Wie das klingt!

Ein Hermann Zumberg...

Einverstanden wäre ich gewesen, wenn er gesagt hätte: Mir

geht es gegen den Strich, basta!

So drückt sich ein normaler Mensch aus.

Die Villa lag im Dunkeln.

»Habt ihr eigentlich schon eine Alarmanlage gegen Einbrecher?«

»Nein.«

»Immer noch nicht?«

»Vater will nach wie vor keine. Eine richtige kostet zwanzigtausend Mark, sagt er, und das ist ihm zuviel. Er hat sich einen Kostenvoranschlag machen lassen, und damit war das Thema für ihn erledigt.«

»Ich verstehe ihn nicht.«

Sie öffnete auf ihrer Seite die Wagentür.

»Laß uns reingehen«, sagte sie.

Im Bett bewahrheitete sich, daß Anne Freude an der Liebe hatte. Er war begeistert von ihr und sie keineswegs enttäuscht von ihm. Schließlich konnte er für sich in Anspruch nehmen, alles andere als ein Anfänger auf diesem Feld zu sein. Möglich, daß ihn ein gewisses Übermaß an Routine auszeichnete.

Aber darum hätten viele Stümper froh sein können.

Wie alt bin ich? fragte er sich. Zweiundvierzig. Das würde mir keiner glauben, wenn er mich hier sähe. Erst recht keine Frau, die mich erleben würde, außer die eine, die mich soeben genießt. Die kennt ja mein Geburtsjahr – leider.

»Zufrieden, Anne?«

»Ganz und gar! Du auch?«

»Ich fühle mich gedrängt, dir einen Wunsch zu erfüllen.«

»Welchen?«

»Irgendeinen, den du äußern kannst. Hast du auf Anhieb einen?«

»Ja, hätte ich schon.«

»Sag ihn mir.«

»Du darfst mich aber nicht auslachen.«

»Nein.«

»Er ist nicht billig, Hermann.«

»Sag ihn mir, Anne.«

»Ich möchte mich malen lassen.«

Er war überrascht, faßte sich jedoch schnell.

»Malen?«

»Ja. Jetzt lachst du mich doch aus, nicht?«

»Keineswegs, warum sollte ich?«

»Weil ich bisher nur Gemälde von großen Damen gesehen habe, von Fürstinnen und so, in Museen.«

»Du irrst. Es gibt längst auch Porträts von normalen Sterblichen. Das ist nur eine Frage der Honorierung. Früher hatten eben nur Fürstinnen und dergleichen Geld.«

Sie waren beide nackt, und Anne drückte ihre Schenkel und ihre jungen, festen Brüste an ihn. Das bewog ihn dazu auszurufen: »Ich lasse dich malen! Der Preis spielt keine Rolle!«

»Wirklich?«

»Düsseldorfs bester Kunstmaler wird dich porträtieren!«

»Der beste Koblenzer würde mir genügen.«

Die zweite Überraschung war fällig bei ihm.

»Kennst du da einen?«

Sie richtete sich ein bißchen auf im Bett, stützte sich auf einen Ellbogen und machte sich mit der anderen Hand unter der Decke an ihm zu schaffen.

»Hermann«, sagte sie, »das muß ich dir erklären. Bald findet bei uns hier ein großes Jubiläum des Winzervereins statt...«

»Ja«, sagte er, ihren Worten – ihren *Worten!* – nur mit halber Aufmerksamkeit folgend.

»Und dazu will mein Vater ein Gemälde seines großen Weinbergs haben...«

»Ja.«

»Den Maler hat er schon engagiert.«

»Ja.«

»Aus Koblenz.«

»Ja«, sagte Zumberg nur noch mit einem Viertel seiner Aufmerksamkeit.

»Er heißt Brühe.«

»Brühe?!« fuhr Hermann Zumberg auf.

Und dann erwachte seine Erinnerung wieder zum Leben.

»Der hat mir ja selbst schon alles erzählt!«

»Wann?«

Annes Hand unter der Decke hatte innegehalten.

»Wann hat er dir alles erzählt?«

»Gestern. Wir saßen an einem Tisch.«

»So? Das hast du mir ja noch gar nicht gesagt.«

»Es bestand keine Veranlassung dazu. Und von dem willst du dich, wenn ich dich richtig verstanden habe, malen lassen?«

»Warum nicht?«

»Von *dem*?«

»Was hast du gegen ihn? Er hat sich dazu angeboten.«

»Er ist doch eine Null, ein junger, unbekannter Niemand! Das hat er mir selbst gesagt!«

»Was hat er selbst gesagt?«

»Daß er noch unbekannt ist!«

Anne zog ihre Hand unter der Decke heraus.

»Und damit ist er für dich erledigt, wie?«

»Wenn du so willst, ja! Was soll ich mich mit ihm befassen?«

»Ich finde das eigentlich prima, daß er selbst das sagt. Andere machen Sprüche, erzählen dir die tollsten Sachen...«

»Wahrscheinlich gehört das zum Erfolg, der sich auf Dauer nur so einstellt.«

»Bei van Gogh, um nur einen zu nennen, hat er sich nie eingestellt. Zu Lebzeiten jedenfalls nicht.«

»Was interessiert der dich plötzlich?«

»Er fand keine Anerkennung, verzweifelte und brachte sich um.«

»Er war verrückt.«

»Aber gestern stand in der Zeitung, daß bei einer Auktion in London ein kleines Bild von ihm für zwei Millionen Dollar einen Käufer gefunden hat.«

»Wozu erzählst du mir das? Warum hast du deine Hand weggenommen?«

»Ich möchte, daß du mir meinen Wunsch erfüllst.«

»Daß ich dich also nicht in Düsseldorf porträtieren lasse, sondern hier in Wehlen, von einem Nobody? Verstehe ich das richtig?«

»Ja.«

»Von einem jungen, unbekannten van Gogh«, höhnte er.

»Ja, du Snob!«

»Snob?«

»Bist du etwa keiner?«

»Gib deine Hand her!«

»Nein.«

»Bitte.«

»Nur, wenn du…«

»Ja.«

»Wirklich?«

»Ja… schön… ja, ja, ja… schööön… jaaaa…«

Jean Küppers, genannt Schang, das Hausfaktotum vom »Winzergold«, schälte wieder einmal Kartoffeln. Diese Arbeit ging ihm gut von der Hand, er verrichtete sie schon seit vielen Jahren. Sie bot ihm auch noch Gelegenheit, das wurde bereits einmal gesagt, seinen Gedanken nachzuhängen.

Er müsse, sagte er sich heute, das Fräulein Anne fragen, ob sie ihn nicht mit mehr Aufträgen eindecken könne, mit Aufträgen, die nicht mit dem ganzen Betrieb, sondern nur mit ihr persönlich zu tun hätten und nur ihr persönlich zustatten kämen. Es kümmere sich doch keiner so um ihre Belange wie er.

»Schang!« rief die Köchin aus dem Küchenfenster.

Er schreckte aus seinen Gedanken auf.

»Ja?«

»Wo sitzt du denn? Ich sehe dich nicht!«

»Wo ich immer sitze, im Hof, im Schatten. Du siehst mich nicht, weil einer seinen Lieferwagen dazwischengestellt hat.«

»Komm her, ich brauche dich!«

Jean folgte gemächlichen Schrittes dem Ruf. Am Küchenfenster erwartete ihn eine große Schüssel mit Frischgemüse, das er zusätzlich noch putzen sollte.

»Das ist Mädchenarbeit«, meuterte Jean, der Wert auf Differenzierung zu legen pflegte, brummig. Kartoffeln schälen ließ er sich noch eingehen – aber mehr nicht!

Die Köchin jedoch war Diplomatin. Sie kannte ihren Pappenheimer.

»Du hast ja recht, Schang«, sagte sie. »Aber ich bin im Druck. Die Nelly mußte zum Zahnarzt. Allerdings sagt unser Fräulein Anne immer, daß sie, wenn Not am Mann ist, nur verständigt werden muß, um einzuspringen. Dann rufe ich halt die an.«

»Zum Gemüseputzen?«

»Ja.«

»Bist du verrückt? Unser Fräulein Anne?«

»Ich habe niemanden sonst, Schang. Aber wir müssen keine Hemmungen haben, sagt sie, sie ist sich da für nichts zu gut.«

»Gib die Schüssel her!«

»Muß nicht sein, Schang. Mädchenarbeit bleibt Mädchenarbeit, ich seh's ein, daß ich dir diesbezüglich nicht widersprechen kann.«

»Du sollst die Schüssel hergeben!«

Nachdem dann die ganze Portion Kartoffeln, die heute benötigt wurde, geschält und das Gemüse geputzt war, geizte die Köchin nicht mit Lob.

»Schang, du weißt ja gar nicht, wie wichtig deine Hilfe gerade heute war. Wir hätten auf das Fräulein Anne nämlich kaum zurückgreifen können. Sie braucht Schonung. Ihre Nerven.«

Jean erschrak.

»Ist sie krank?«

»Wir müssen froh sein, daß sie noch lebt.«

Der arme Schang konnte gar nichts mehr sagen, sondern griff sich nur stumm ans Herz.

»Diese verdammten Autos!« fuhr die Köchin fort. »Man sollte sie alle verbieten!«

»Unfall?« krächzte Jean. Mehr brachte er nicht hervor.

»Um ein Haar, Schang. Und was für einer! Das hätte nur Tote gegeben. Zusammenprall mit einem Laster. Auf der Fahrt nach Bernkastel. Unser Kellner, der Gollwitzer, hat's erzählt. Er wurde gestern abend noch angerufen. Von Fräulein Anne selber.«

Endlich war Jean zu einer zusammenhängenden Äußerung fähig.

»Ist der Zumberg wieder zu schnell gefahren?«

»Das wissen wir nicht, Schang.«

»Er fährt doch immer zu schnell! Alle wissen das!«

»Schuld wäre der Laster gewesen, heißt's.«

»Ach was! Der fährt wie eine gesengte Sau! Wir sehn ihn doch oft genug, wenn er hier ankommt oder abbraust wie'n Verrückter!«

Und dann atmete Jean Küppers tief ein, ballte die mächtigen Fäuste, stieß die Luft wieder aus und verkündete: »Dem zünde ich den Schlitten noch an, das sage ich dir!«

»Schang!!«

»Jawohl, das sage ich euch allen!«

Fritz Brühe war fleißig am Kunstmalen. Täglich schleppte er nach dem Frühstück sein Gerät an den Ort seines Schaffens und kam nur zu den unumgänglichen Mahlzeiten wieder herunter ins Tal. Am Beginn des jeweiligen Tagewerks fiel es ihm nicht leicht, den Berg zu erklimmen, da er selten richtig ausgeschlafen war. Mal hatte ihn Ingrid Rehbein nächtlicherweile über Gebühr in Anspruch genommen, dann wieder fehlten ihm, wenn ihn der Wecker zum Aufstehen rief, die Stunden, die er am Abend zuvor bis über Mitternacht hinaus am Wirtshaustisch zugebracht hatte. Seine Pflicht, zu deren Erfüllung er von Baptist Selzer nach Wehlen geholt worden war, kam dabei jedoch, wie gesagt, nicht zu kurz. Der Winzer, zu dessen Lebensprinzipien es gehörte, nur ja keine Mark aus dem Fenster hinauszuwerfen, konnte deshalb nicht umhin, ihm innerlich irgendwie Anerkennung zu zollen.

Das ging so weit, daß er aus dem gleichen Grund eines Tages sogar an der Intelligenz des jungen Malers zu zweifeln begann.

»Anne«, sagte er zu seiner Tochter, »der Kerl ist doof.«

»Wer?«

»Der Brühe.«

»Und warum?«

»Ich habe ihn für drei Wochen bei freier Kost und Logis engagiert. Wenn er aber so weitermacht, wird das Bild in der Hälfte der Zeit fertig. Dadurch erspart er mir glatt fünfhundert Mark Aufwand für ihn.«

»Willst du ihn denn dann vorzeitig schon nach Hause schicken?«

»Was denn sonst?«

»Schlag dir das aus dem Kopf, Papa.«

»Was? Was sagst du?«

»Daß du dir das aus dem Kopf schlagen sollst.«

»Ich verstehe dich nicht. Wieso?«

»Erstens kannst du dir ruhig angewöhnen, dich mal etwas nobler zu zeigen –«

»Wie? Wie hieß dieses Wort?«

»Nobler.«

»Nobler? Willst du mich an den Bettelstab bringen?«

»Und zweitens braucht Herr Brühe die ganzen drei Wochen – und vielleicht sogar noch etwas länger –, um ein zweites Gemälde anzufertigen.«

Baptist Selzer guckte dumm.

»Welches zweite Gemälde? Und auf wessen Kosten?«

»Nicht auf die deinen.«

»Sondern?«

»Auf die von Hermann.«

»Deinem Verlobten?«

»Ja.«

»Das bringt mich zu der Frage: Wann heiratet ihr nun?«

»Bald, Papa.«

»Und um welches Gemälde geht's? Wenn der Hermann ein solches haben will, dann soll er auch die ganzen Kosten tragen und nicht einen Teil davon auf mich abwälzen wollen. Was gehen mich seine Wünsche an? Gar nichts.«

»Doch, die gehen dich schon auch etwas an.«

»Wieso? Das möchte ich gerne wissen.«

»Weil es ein Bild von deiner Tochter werden soll.«

Selzer, der im Zimmer herumgelaufen war, blieb abrupt stehen.

»Von *dir*?«

»Ja.«

»Wer hat dich denn auf diese Idee gebracht?«

»Ich mich selbst.«

Nun gut, warum nicht? Es war typisch für Selzer, daß er sich bei der Tatsache an sich gar nicht lange aufhielt, sondern sich umgehend der für ihn wichtigsten Frage, die dem Ganzen entsprang, zuwandte.

»Der Hermann übernimmt das Honorar, sagtest du?«

»Er wollte sogar den bekanntesten Düsseldorfer Künstler anheuern.«

»Siehst du, das ist eben der Unterschied zwischen ihm und mir: Ich mußte und muß mir mein Geld selbst erarbeiten. Er hat's geerbt, deshalb sitzt's ihm wohl so locker in der Tasche.«

»Trotzdem empfiehlst du mir, ihn zu heiraten, obwohl er in deinen Augen ein Verschwender ist. Das kann doch gefährlich für mich werden.«

»Nur, wenn du ihn nicht an die Kandare nimmst. Darauf mußt du von Anfang an achten, merk dir das.«

Anne lachte.

»Sollte ich's mal vergessen, bist du ja auch noch da, um mich sofort daran zu erinnern, Papa.«

»Ich lebe nicht ewig, mein Kind.«

»Aber noch lange, bei deiner Gesundheit.«

»Wie groß soll dein Bild werden?«

»Das weiß ich nicht.«

»Was sagt denn der Brühe?«

»Noch gar nichts.«

Der Winzer, der längst wieder im Zimmer herummarschiert war, blieb wieder einmal stehen.

»Gar nichts? Was heißt das? Ihr werdet doch über das Projekt schon gesprochen haben?«

»Konkret noch nicht.«

»Dann wenigstens vage?«

»Ehrlich gesagt, Papa, ich habe ihm überhaupt keine Aussichten eröffnet, daß es zu einem solchen Auftrag kommen könnte.«

»Aber jetzt neigst du dazu?«

»Mehr: Ich bin entschlossen, Papa.«

»Und warum?«

»Weil es mir gelungen ist, die Frage der Finanzierung zu lösen.«

Baptist Selzer lachte herzlich. Anne machte ihn stolz. Wohlwollend sah er sie an. Sein eigen Fleisch und Blut konnte sich halt doch nicht verleugnen. Das sagte sich Baptist Selzer und riet Anne, nun aber sehr bald konkret mit dem Maler zu sprechen.

Anne war gar keine Tochter des Baptist Selzer, doch das wußte weder sie noch er. Greta Selzer, geb. Heinze, die verstorbene Ehefrau des Winzers, hatte Anne von einem traurigen Ausflügler aus Kevelaer am Niederrhein empfangen. Kevelaer ist ein berühmter Wallfahrtsort der Katholiken, denen besondere Marienverehrung ein Bedürfnis ist. Jener Ausflügler besaß im Schatten der Gnadenkapelle einen Laden mit Devotionalien – der Andacht dienenden Gegenständen –, die reißenden Absatz fanden. Elf Jahre lang ruhte Gottes Segen auf dem Geschäft, bis gleich einem Blitz aus heiterem Himmel eine Prüfung des Finanzamts über die Firma hereinbrach. Der Prüfer war ein Protestant aus Schlesien – diese Ketzer, diese Flüchtlinge! –, dem nichts im Schatten der Gnadenkapelle heilig war. Resultat: ein Steuernachzahlungsbescheid in Höhe von 368364.– DM (in Buchstaben: dreihundertachtundsechzigtausenddreihundertvierundsechzig).

Den zusammengebrochenen Geschäftsinhaber schickte seine Frau zur Wiederbelebung an die Mosel, von der er immer schon angenommen hatte, daß in solchen Fällen nur sie einen Menschen wieder auf die Beine bringen könne, psychisch und physisch.

»Nütze deinen Ausflug«, sagte die Gattin beim Abschied zu ihm. »Versäume nichts, geh unter Menschen, lasse nichts aus.«

Er landete im »Winzergold«, lernte dessen Besitzer kennen, der genau wie er seinen Geschäften nachjagte und dadurch im Ehebett manches versäumte, was weniger kommerziell veranlagte Herren dazu verlockte, dort einzuspringen.

Selzer und der geknickte Ausflügler aus Kevelaer spürten die seelische Verwandschaft, die zwischen ihnen bestand. Sie wurden rasch Freunde. Der Mann aus Kevelaer hieß Jupp Terboven.

»Baptist«, sagte er bei einer Flasche Wein, der noch zwei weitere folgten, »du bist der gleiche wie ich, rennst hinter dem Geld her, hast zu nichts anderem Zeit, und dann kommen die und holen dir mit einem Schlag alles weg, was du dir ehrlich erarbeitet hast. Ich werde aber nicht mehr so blöd sein. Meine Frau sagte: ›Laß dir nichts entgehen.‹ Daran will ich mich halten.«

»Jupp«, antwortete Selzer, »das ist doch Quatsch. Du kannst nicht aus deiner Haut raus, wirst schon sehen. Sagst doch selbst, daß du der gleiche bist wie ich. Und schau mich an, was sollte ich mir denn nicht entgehen lassen? Weiber? Dazu habe ich keine Zeit – und du auch nicht!«

Jupp Terboven blieb hartnäckig.

»Hier schon«, sagte er mit einem gewissen Gewicht in der Stimme.

Sein Blick wanderte dabei hinüber zur Theke, hinter der die leckere Wirtin stand und einen Weinheber füllte.

Anderntags verreiste Baptist Selzer für eine halbe Woche geschäftlich ins Elsaß. Seine Frau versah er beim hastigen Abschied mit dem Auftrag: »Kümmere dich ein bißchen um den aus Kevelaer. Ich weiß ja nicht, ob das Zweck hat, aber er hätte es jedenfalls nötig. Die Schweine vom Finanzamt haben ihn völlig deprimiert.«

So wirkten denn, läßt sich zusammenfassend sagen, die Empfehlungen der Frau Terboven in Kevelaer und des Herrn Selzer in Wehlen über viele Kilometer hinweg zusammen, um einem neuen Menschenkind, einem Mädchen, mit dem weder sie noch er direkt zu tun hatten, das Leben zu schenken.

Das Mädchen erhielt den Namen Anna, aus dem später, auf deren eigenes Betreiben hin, Anne wurde.

Frau Greta Selzer wußte ihr Geheimnis absolut für sich

zu behalten, das von ihr sogar mit ins Grab genommen wurde.

Zwischen Baptist Selzer und Anne bestand natürlicherweise keinerlei äußerliche Ähnlichkeit, eine innerliche jedoch durchaus, was kein Wunder war in Anbetracht der seelischen Verwandtschaft zwischen Jupp Terboven, Kevelaer, und Baptist Selzer, Wehlen. Hätte es für letzteren je einen Zweifel an seiner Vaterschaft geben können, wäre demselben durch einen Blick auf Annes innere Ähnlichkeit mit ihm der Boden unter den Füßen weggezogen worden.

Fritz Brühe, der sich, fast war's schon vergessen, Frédéric Bruhère genannt hatte, malte. Die Sonne brannte vom wolkenlosen Himmel herab. Die Luft flimmerte. Das kannte Brühe nun schon; die Sonne, die flimmernde Luft, die Insekten, die ihn, vom Weinberg angezogen, umkreisten und belästigten.

Aber er malte verbissen an seinem Bild. Ich Idiot, dachte er wiederholt dabei, aus meinem Atelier habe ich mich herausgesehnt ins Freie. So kann man sich täuschen.

Dann sah er, daß Anne Selzer den Abhang heraufkam.

»Guten Tag, Herr Brühe«, sagte sie, als sie ihn erreicht hatte.

»Guten Tag, gnädiges Fräulein.«

Kurzes Zunicken von ihm, dann Weitermalen.

Gnädiges Fräulein sagt er zu mir, dachte sie. Wieso denn? Was soll der Quatsch? Hat er doch früher nicht getan.

»Heiß heute, nicht?«

»Wie immer, gnädiges Fräulein.«

»Vielleicht kommt ein Gewitter und kühlt etwas ab.«

»Vielleicht, gnädiges Fräulein.«

»Aber dann müßten Sie vom Weinberg runterflüchten. Das würde Sie in Ihrer Arbeit zurückwerfen.«

»Leider, gnädiges Fräulein.«

Nun wurde ihr das zu bunt.

»Ich bin Anne Selzer!« rief sie, mit dem Fuß aufstampfend.

Er schenkte ihr einen kurzen Seitenblick, schwieg und malte weiter.

»Hören Sie nicht?« rief sie noch lauter.

»Doch«, sagte er, ohne seine Arbeit zu unterbrechen.

»Haben Sie mich nicht schon Anne genannt?«

»Gnädiges Fräulein«, sagte er, »Sie –«

Doch sie fiel ihm ins Wort.

»Ich will das nicht mehr hören! Was habe ich verbrochen? Ich dachte, wir hätten ein ganz anderes Verhältnis zueinander!«

»Sie haben das Gespräch mit mir brüsk abgebrochen, das war das eindeutige Ende unseres, wie Sie es nennen, ›Verhältnisses zueinander‹. Ich hatte Ihnen ein künstlerisches Angebot gemacht, und Ihre Antwort bestand darin, mich vor den Kopf zu stoßen. Aber das hätte mir noch nicht so viel ausgemacht. Mein Herz schlug, wenn ich so sagen darf, immer noch für Sie. Doch dann hatten Sie kein Auge mehr für mich. Wir sahen uns nur noch von weitem...«

»Ich hatte zu tun!«

»Herr Gollwitzer bestellte Ihnen meinen Dank dafür, daß Sie den Zwang Ihres Vaters, nur Wein trinken zu dürfen, von mir nahmen. Keine Reaktion von Ihnen, kein freundliches Wort.«

»Ach Gott, Herr Brühe, was soll ich dazu sagen? Ich kann doch nicht den ganzen Tag herumlaufen und freundliche Worte um mich werfen.«

»Es ist ja auch egal.«

»Nein, egal ist das nicht.«

»Warum soll das nicht egal sein? Wer bin ich denn schon für Sie?«

»Herr Brühe, was reden Sie denn da? Ich will nicht, daß ein solches Klima zwischen uns beiden herrscht.«

Er blickte sie zweifelnd an, brummte dann etwas Unverständliches und wollte sich wieder seiner Leinwand zuwenden.

»Fritz!«

Sein Pinsel, der schon erhoben war, sank wieder herab.

»Ja?«

»Fritz, Sie wollten mich doch auch malen, und ich glaube nicht, daß eine solche Stimmung zwischen uns der Qualität Ihrer Arbeit zuträglich wäre.«

Es vergingen ein paar Augenblicke, bis er sagte: »Soll... soll das heißen, daß ich Sie doch malen soll?«

»Ja, Fritz«, nickte sie.

»Aber Sie wollten das doch nicht.«

»Man kann seinen Standpunkt auch ändern – oder?«

Er blickte sie wieder zweifelnd an, schwieg.

»Oder wollen *Sie* mich nun nicht mehr malen, Fritz?«

»Natürlich!« stieß er fast böse hervor.

Sie lächelte. Dann lächelte auch er. Damit war ein neues

Element in ihre Unterhaltung getreten.

»Wir können also«, sagte sie, »wenn Sie mit dem Weinberg fertig sind, mit meinem Porträt beginnen?«

»Ja.«

»Dann müssen Sie mir aber sagen, wie Sie mich als Modell wünschen – was ich anziehen soll usw., meine ich.«

»Am besten etwas ganz Einfaches, nur keine große Robe. Rock, Bluse – so wie jetzt. Das sehen wir dann schon.«

»Das Honorar –«

»Darüber müssen wir nicht reden«, unterbrach er sie. »Ich schenke Ihnen das Bild.«

»Nein!«

»Doch!«

»Hören Sie, Fritz, das wäre schön dumm von Ihnen. Ich selbst muß nämlich für das Honorar gar nicht aufkommen.«

»Wer dann? Ihr Vater? Hat er sich bereit erklärt zu zahlen? Dann allerdings…«

»Nein, der nicht«, sagte Anne.

»Wer dann?«

»Herr Zumberg.«

»Herr..«

Fritz Brühe verstummte.

»Ach ja«, sagte er dann nur.

Anne bemerkte seine Enttäuschung und suchte ihm die Sache schmackhaft zu machen. Sie erwähnte den Reichtum Zumbergs und machte es dadurch nur noch schlimmer.

»Gucken Sie nicht so böse, Fritz«, sagte sie. »Langen Sie zu, der spürt's nicht. Fordern Sie ruhig das Drei- oder Vierfache Ihrer bisherigen –«

»Von dem will ich kein Geld!« schnitt er ihr das Wort ab.

Baß erstaunt antwortete sie: »*Was* wollen Sie von dem nicht?«

»Kein Geld!«

Sie schüttelte den Kopf.

»Warum nicht, um Himmels willen?«

»Anne«, zwang er sich zu erwidern, »wenn ich Ihnen das extra erklären muß, hat's keinen Zweck. Sie werden mich jedenfalls niemals soweit bringen, daß ich mich in den Sold des Herrn Zumberg begebe.«

»Wie war das?«

»Sie werden mich niemals soweit bringen, daß ich mich in den Sold des Herrn Zumberg begebe.«

»Großer Gott, wie redet ihr Männer oft daher!«

Er schwieg.

Sie betrachtete ihn, schüttelte wieder den Kopf.

»Ich verstehe Sie nicht, Fritz.«

In seinem Gesicht ging sichtlich ein Vorhang herunter.

»Das tut mir leid, Fräulein Selzer.«

»Wieso ›Fräulein Selzer‹? Warum nicht gleich wieder ›gnädiges Fräulein‹? Sie machen mich verrückt, Fritz!«

Er schwieg.

»Hören Sie, der hat's«, fing sie noch einmal an. »Den machen Sie nicht ärmer.«

»Das Thema ist für mich abgeschlossen.«

Ihr platzte der Kragen.

»Verdammt noch mal, dann eben nicht! Aber sind Sie sich im klaren, in welche Schwierigkeiten Sie mich damit bringen?«

»Sie?«

»Ja, mich! Wie soll ich ihm denn erklären, daß Sie mir das Bild schenken wollen? So sagten Sie doch? Verstehen Sie, er ist schließlich mein...«

Sie stockte und wußte nicht, warum.

»... mein Bräutigam«, zwang sie sich fortzufahren. »Auf welche Gedanken müßte er dadurch kommen?«

»Auf falsche.«

»Sicher, aber sagen Sie ihm das. Der Verdacht wäre jedenfalls da und würde mich belasten.«

»Anne«, erwiderte er, sich räuspernd, »tut mir leid, ich kann Ihnen nicht helfen, es bleibt dabei, ich will von dem kein Geld.«

»Sie sind ein Narr!«

»Meinetwegen.«

»Dann muß ich mir das Bild wohl aus dem Kopf schlagen?«

»Es gäbe nur einen Weg...«

»Welchen?«

»Sie nehmen das Honorar von Herrn Zumberg zur Weiterleitung an mich in Empfang...«

»Und?«

»Sie behalten es.«

»Aber –«

»Kein Aber! Nur so geht's! Die Sache bleibt unter uns beiden, ich kann zufrieden sein, weil ich Ihnen das Bild ja tatsächlich geschenkt habe, und Sie können sogar sehr zufrieden sein, weil Sie das Bild haben und darüber hinaus auch noch das Geld, das Sie gut gebrauchen können, nachdem Sie

Ihr Vater, wie Sie mir sagten, so kurz hält.«

»Das Geld können Sie auch sehr gut gebrauchen, Fritz – oder nicht?«

»Doch.«

»Na also, dann –«

»Nein!«

Die Verwunderung in ihrem Blick, als sie ihn ansah, hätte nicht mehr größer sein können.

»Fritz, Sie sind wirklich verdreht im Kopf.«

»Aber nicht im Herzen, Anne.«

Im Tal schlug eine Kirchturmuhr. Anne lauschte, zählte die Schläge mit und erschrak.

»O Gott! Zwei Vertreter warten, die ich bestellt habe. Ich muß die gegeneinander ausspielen.«

Sie machte auf dem Absatz kehrt und rief über die Schulter zurück: »Wiedersehen, Fritz!«

»Wiedersehen, Anne!«

»Vielleicht sehen wir uns heute abend in der Bar. Sind Sie da?«

»Hundertprozentig – wenn ich weiß, daß Sie kommen!«

»Gut!«

Noch am gleichen Nachmittag führte Anne Selzer, nachdem sich die zwei Vertreter sowohl mit Zähneknirschen als auch mit geschäftlicher Hochachtung von ihr verabschiedet hatten, zwei Gespräche, das erste mit ihrem Vater, das zweite mit ihrem Verlobten.

»Paps«, sagte sie, »ich habe mit Herrn Brühe gesprochen.«

»Und?«

»Er macht das Bild.«

»Daß er das Bild macht, ist mir klar. Was will er dafür haben?«

»Was schätzt du denn?«

»Wieder zweitausend?«

»Nein.«

»Mehr?«

»Weniger.«

»Weniger? Sehr gut. Um wieviel weniger?«

»Um zweitausend.«

»Wie? Das verstehe ich nicht. Zweitausend weniger zweitausend ist null.«

»Ganz richtig.«

»Willst du damit sagen, daß er…«

Dem Winzer schien die Stimme zu versagen.

»Ja, Papa.«

»Das gibt's doch nicht!«

»Doch, Papa.«

»Anne…«

»Was?«

»Ist der verrückt?«

»Das habe ich ihn auch gefragt.«

»Von dem lasse ich mich auch noch malen.«

Der werde, setzte der Winzer hinzu, nie auf einen grünen Zweig kommen.

»Sag aber dem Hermann vom Ganzen nichts, Paps, und auch dem Brühe nicht, daß ich dich eingeweiht habe.«

»Warum nicht?«

Anne erklärte es ihm, und er folgte ihren Darlegungen mit uneingeschränkter Zustimmung.

»Das machst du ganz richtig«, pflichtete er ihr bei.

So ganz wohl war ihr aber bei der Geschichte nicht.

Ihr zweites Gespräch führte sie, wie gesagt, mit ihrem Verlobten.

»Hermann«, begann sie, »mit dem Bild geht alles klar. Herr Brühe will es im unmittelbaren Anschluß an den Weinberg in Angriff nehmen.«

»Du bleibst also dabei?«

»Wobei?«

»Daß der es macht?«

»Ja.«

»Mein Angebot steht immer noch, Anne, uns in Düsseldorf umzusehen.«

»Danke, nein.«

Nun wiederholte sich wörtlich die Frage, die auch Baptist Selzer gestellt hatte:

»Was will er denn dafür haben?«

»Den Preis«, antwortete Anne mit unbewegter Miene, »überläßt er dir.«

»Was?«

»Den magst du bestimmen.«

»Ist das sein Ernst?«

»Anscheinend ja.«

»Und wenn ich sage: hundert Mark?«

»Dann sagst du: hundert Mark.«

»Oder fünfzig Mark?«

»Auch dann.«

»Oder zehn?«

»Brächtest du denn das fertig, Hermann?«

Das war die richtige Frage zum rechten Moment. Er erinnerte sich, wer er war.

»Natürlich nicht. Ich doch nicht – Hermann Zumberg!«
Sie nickte.

»Aber einfach ist das nicht.« fuhr er fort. »Welchen Preis hieltest du denn für angebracht?«

Sie wiegte den Kopf.

»Ich weiß nicht... Vater zahlt ihm für den Weinberg zweitausend...«

»Eine stolze Summe. Um so mehr wundert mich die plötzliche Bescheidenheit des Künstlers.«

»Du mußt dich entscheiden, Hermann.«

»Für ein Porträt von dir kann ich wohl nicht weniger zahlen als dein Vater für einen Weinberg.«

»Wenn du es so siehst, Liebling, vermag ich dir nicht zu widersprechen.«

Hermann Zumberg biß in den sauren Apfel. Für einen prominenten Maler hätte er sich leichten Herzens von zehntausend Mark getrennt. Für einen Unbekannten taten ihm zweitausend in der Seele weh. So war er, und so sind viele Leute.

Die Bar war am Abend dieses Tages – eines Mittwochs – gut besetzt. Mehr als die Hälfte der Gäste waren Einheimische, die sich normalerweise während der Woche hier nicht so zahlreich sehen ließen, da sie früh raus mußten zur Arbeit, sich heute jedoch die Tatsache zunutze machen konnten, daß einer der katholischen Feiertage unmittelbar vor der Tür stand.

Sylvia ließ Fritz Brühe automatisch ein Bier einlaufen, nachdem er in ihrem Rayon aufgetaucht war und sich sozusagen unter ihre Fittiche begeben hatte.

»Lebhafter Betrieb heute, nicht?« sagte er.

»Die machen morgen alle nichts, können ausschlafen«, antwortete Sylvia mit deutlicher Geringschätzung. Leute, die in einem Abhängigkeitsverhältnis zur Arbeit standen, waren nicht so sehr ihr Geschmack. Bardamen haben das so an sich. Ihre namhafteren Einkünfte fließen aus anderen Taschen.

Fritz Brühe hätte normalerweise auch nicht zu den Favoriten einer Gewerbetreibenden wie Sylvia gehört. Doch er war ein anderer Fall.

»Was machst denn du eigentlich morgen?« fragte sie ihn.

»Ich? Wieso?«

»Wir könnten gemeinsam etwas unternehmen. Donnerstag ist mein freier Tag.«

»Auch wenn er mit einem Feiertag zusammenfällt?«

»Auch dann. Darauf bestand ich von Anfang an.«

»Und wer springt hier in der Bar ein?«

»Du wirst lachen – die Selzer.«

»Die?«

»Ja. Und die macht das wie eine Gelernte. Sollst mal sehn, wie die mit den Männern umgehen kann. Viel besser als ich«, sagte Sylvia voller Hochachtung.

Fritz schwieg.

»Also was ist?« griff Sylvia den alten Faden wieder auf. »Unternehmen wir gemeinsam etwas?«

»Tut mir leid, ich muß malen.«

»Auch morgen?«

»Ja, sonst werde ich nicht fertig.«

Sylvia war die Enttäuschung anzusehen. Seit die beiden sich kannten, hatte Fritz zwar immer wieder mal zu ihr hereingeschaut in die Bar, aber vorgekommen war dabei zwischen ihnen eigentlich nichts. Bruderschaft hatten sie getrunken, ja, doch sich darauf zu beschränken, war nicht Sylvias Absicht. Ihr gefiel dieser Habenichts – natürlich nicht zum Heiraten hätte er ihr gefallen, aber zum Schlafen mit ihm.

»Erwartest du jemanden?« fragte sie ihn, nachdem sie beobachtet hatte, daß sein Blick jedesmal zur Tür ging, wenn diese sich öffnete.

Im gleichen Augenblick kam Baptist Selzer mit Ingrid Rehbein herein.

»Ach den!« nahm Sylvia automatisch an. »Worüber wird er denn heute wieder meckern?«

Selzer erntete Zurufe seitens der Einheimischen, die ihn natürlich alle kannten. Sylvia hatte keine andere Wahl, als sich eilends um ihren Big Boss zu kümmern.

»Haben Sie einen Tisch für uns?« fragte Selzer sie.

»Bei deinem Maler wär' doch noch Platz«, meinte Ingrid Rehbein, die Lage überblickend, rasch.

Anscheinend war sie eine Frau, die gern mit dem Feuer spielte.

»Ein eigener Tisch wäre mir lieber«, sagte Selzer wenig begeistert. Da es aber keinen solchen mehr gab, drang Ingrid Rehbein mit ihrem Vorschlag durch.

Fritz Brühe erhob sich zur Begrüßung. Auch er verriet keinen Enthusiasmus. Zwischen ihm und Ingrid Rehbein hin und her blickend, sagte Selzer: »Kennt ihr euch schon?«

»Flüchtig«, ließ Ingrid verlauten. »Herr Brühe war so freundlich, mir eine Bande angetrunkener Leverkusener vom Leib zu halten.«

Selzer war überrascht.

»Davon hast du mir gar nichts erzählt.«

»In vollster Absicht nicht, Baptist. Wie ich dich kenne, hättest du in deinem ersten Zorn keinen Leverkusener mehr in dein Lokal gelassen.«

»Kann schon sein«, grinste der Winzer.

Man setzte sich, und sofort sah Selzer einen Grund zur Beanstandung.

»Sylvia«, bekam diese zu hören, »ich halte es für falsch, die Erdnüsse so offen auf den Tisch zu stellen. Warum, ist klar. Die Gäste sollen sich geschlossene Packungen kaufen, statt kostenlos die offenen zu fressen.«

»Ich habe die Nüsse«, wandte das Barmädchen ein, »nur Herrn Brühe auf den Tisch gestellt.«

»Und warum dem, wenn ich fragen darf?«

Sylvia bekam einen roten Kopf und wußte nicht, was sie sagen sollte.

»Ich... ich...«, gackste sie herum, »ich... dachte...«

»Sie dachten auf alle Fälle falsch. Es geht nicht, daß ein Gast bevorzugt wird, und alle anderen sehen das. Entweder stehen auf jedem Tisch offene Nüsse – oder auf keinem. Da ich aber absolut dagegen bin, daß auf jedem Tisch offene Nüsse stehen, folgt daraus, daß sie auf keinem stehen. Etwas

Klareres, Logischeres gibt es nicht. Verstanden! Auch Herr Brühe wird das einsehen.«

Das gemaßregelte Barmädchen kochte innerlich, dachte an Kündigung und ans Arbeitsgericht, beherrschte sich aber, nickte stumm und wandte sich ab, um hinter ihre Theke zu gehen.

»Sylvia!« rief Fritz ihr nach.

»Ja?«

»Vergessen Sie nicht, die Nüsse von hier mitzunehmen!«

»Ganz recht«, meinte Baptist Selzer hartgesotten, wie er war. Und dann fing er an, nach Herzenslust zu trinken, war guter Laune und wunderte sich, daß die anderen nicht so richtig mitzogen. Es entging ihm, daß Ingrid Rehbein unterm Tisch mit ihren Beinen ständig Kontakt mit Fritz Brühe suchte und fand. Sylvia aber, die viel weiter vom Schuß war, bemerkte es.

Der Bürgermeister von Wehlen weilte auch in der Bar. Selzer sah darin eine günstige Gelegenheit. Er müsse zu dem ein Viertelstündchen rüber, um mit ihm über ein Grundstück der Gemeinde zu reden, sagte er zu Ingrid und Fritz.

»Gott sei Dank!« stieß Ingrid hervor, als er weg war. »Nun können wir ungestört sprechen. Ich habe Sehnsucht nach dir.«

»Was war denn vorgestern und gestern? Ich wartete.«

»Ich konnte nicht kommen. Er war bei mir.«

»Was? Zwei Nächte hintereinander?«

»Ehrlich gesagt, über den würdest du dich wundern.«

»Wirklich?«

»Das glaubst du nicht! Das glaubt keiner!«

»Und trotzdem hast du noch Sehnsucht nach mir?«

»Ach, das ist doch etwas ganz anderes!«

»Was sagst du denn zu seinem Theater mit den Nüssen?«

»Fürchterlich!«

»Kann ich heute mit dir rechnen?«

»Nein, wieder nicht. Er will mich zum drittenmal beehren.«

»Und morgen und übermorgen?«

Sie zuckte die Achseln.

»Ich weiß es nicht, Schatz. Er ist wild auf mich. Ich würde mich ihm ja gerne entziehen, aber…«

»Was aber? Warum tust du's nicht?«

»Er sagt plötzlich, daß er mich heiraten will.«

»So sehr hast du ihn am Bändchen?«

»Ach…« Sie verstummte, hatte aber rasch das Gefühl, etwas hinzusetzen zu müssen, und fuhr fort: »Weißt du, ich bin geschieden, und ich lebe praktisch von der Hand in den Mund, das ist nicht angenehm. Und hier liegt gewissermaßen eine Million vor meiner Nase. Verstehst du, was ich meine?«

»Doch, doch, wenn nicht fünf Millionen.«

»Schätzt du?«

»Ja.«

»Und das ist es, was mich schwach macht. Wenn nur er mir auch besser zusagen würde.«

»Auf deine Situation paßt ein Sprichwort, meine Liebe.«

»Welches?«

»Keine Rose ohne Dornen.«

Beide lachten, Ingrid natürlich etwas gequält. Plötzlich brach Brühes Lachen ab, wie abgeschnitten. Er blickte in die

Ferne. Ein abstruser Einfall war ihm gekommen, hatte von ihm Besitz ergriffen, ein schwerverständlicher Einfall, der krauser nicht mehr hätte sein können. Und doch erinnerte derselbe irgendwie an das Ei des Kolumbus.

»Fritz, was hast du?« fragte ihn Ingrid.

Sein Blick kehrte aus der Ferne zu ihr zurück.

»Ingrid, warum stürzt du dich eigentlich nicht auf den Zumberg?«

»Wie bitte?«

»Auf den Zumberg? Warum du dich eigentlich nicht auf den stürzt?«

»Auf Annes Bräutigam? Bist du verrückt?«

»Wie alt ist er?«

»Zweiundvierzig, sagte mir Baptist.«

»Und wie alt ist Anne?«

»Sie könnte seine Tochter sein.«

»Und wie alt bist du?«

»Ich... ich... was fragst du mich das?«

»Würdest du nicht viel besser zu ihm passen, geradezu ideal?«

»Ach, hör auf mit dem Blödsinn!«

»Sieht er nicht blendend aus?«

»Sicher, aber... «

»Vergleiche ihn mit deinem Baptist.«

»Mach keine solchen Witze, ich bitte dich.«

»Und Geld hat er mindestens ebensoviel wie der, wenn nicht noch mehr.«

»Wer... wer sagt das?«

»Frag ihn doch selbst, da kommt er ja.«

Ingrid, die mit dem Rücken zur Türe saß, drehte sich um. Über die Schwelle traten Hermann Zumberg und seine Verlobte.

Das Saatkorn war gesät, nun konnte es, wenn das Schicksal es so wollte, in Ingrids Herz keimen.

Zwei Stühle wurden dazugestellt, dann aber gaben Zumberg und seine Verlobte als erstes bekannt, daß sie nur eine halbe Stunde bleiben könnten.

»Warum?« fragte Fritz enttäuscht und blickte Anne an, doch nicht sie, sondern Zumberg antwortete ihm: »Ich muß nach Madrid. In aller Herrgottsfrühe geht meine Maschine. Wurde erst vorhin verständigt. Anne fliegt mit.«

»Sie fliegen mit, Fräulein Selzer?« fragte Fritz sie.

»Sie will die Gelegenheit nützen, den Prado zu besuchen«, antwortete Zumberg ihm.

Mittlerweile saß auch Baptist Selzer wieder mit am Tisch.

»Den Prado?« fragte er. »Wer ist das? Ein Zirkus?«

»Aber Papa«, sagte Anne etwas verlegen, »eine der berühmtesten Gemäldegalerien der Welt.«

»So?« Der Winzer legte lachend seine Hand auf Ingrids Oberschenkel. »Würdest du nach Madrid fliegen, nur um diese Galerie zu besuchen? Wüßtest du nichts Besseres?«

Ingrids Antwort bestand aus zwei Teilen und war eine Demonstration, deren Bedeutung nur Fritz Brühe erkannte. Erstens löste sie vom Oberschenkel mit ihren Fingern Selzers Hand und legte sie zurück auf dessen eigenen Oberschenkel; zweitens sagte sie nicht zu Selzer, sondern zu Zumberg: »Wenn ich mit Ihnen nach Madrid fliegen würde, wüßte ich mir in der Tat etwas Besseres oder – in meinen

Augen – Wichtigeres. Ich ginge nicht in den Prado, sondern würde es meine Sorge sein lassen, daß Ihnen keine Spanierin den Kopf verdreht.«

Da war es ganz natürlich, daß sich Zumbergs Blick ganz aufmerksam auf Ingrid Rehbein richtete. Und was sah er zum erstenmal mit Bewußtsein? Ein erstaunlich attraktives Weib, dessen Reife einer knapp Zwanzigjährigen fehlte, bei der allein er nun schon längere Zeit Kostgänger in Erotik war. Resultat: ein kleiner Funke glomm in seinen Augen auf.

«Unser Bürgermeister«, erklärte Baptist Selzer ohne jeden Zusammenhang, »ist ein Idiot. Er will das Grundvermögen der Gemeinde nicht schmälern, sagt er, und läßt sich von mir nicht umstimmen. Ich habe mir den Mund fast fußlig geredet – umsonst!«

Die halbe Stunde, von der Zumberg gesprochen hatte, war im Nu um. Als sich er und Anne verabschiedeten, war dies praktisch für die ganze Gesellschaft am Tisch das Zeichen, sich aufzulösen, denn auch Baptist Selzer hatte plötzlich keine Lust mehr, noch länger zu bleiben.

»Komm, wir verziehn uns auch«, sagte er zu Ingrid. Die verdrehte daraufhin die Augen so, daß es zwar nicht er, aber Fritz Brühe sehen konnte.

»Und auf Ihr Honorar für das Bild«, wandte sich Winzer an den jungen Maler, »lege ich noch einen Hunderter drauf.«

Daß er so sehr die Kontrolle über sich verlor, konnte nur auf übermäßigen Alkoholkonsum zurückgeführt werden.

»Wofür?« fragte Brühe.

»Dafür, daß Sie meiner zukünftigen Frau eine Bande betrunkener Leverkusener vom Leibe gehalten haben.«

»Baptist, das wäre aber wirklich nicht nötig gewesen«, sagte Ingrid Rehbein draußen zu ihm, und der gute Baptist ahnte nicht, welch tiefer Wahrheitsgehalt in diesen Worten steckte. Er glaubte, seine zukünftige Ehefrau würde zum erstenmal schon eine Neigung verraten, gegen überflüssige Geldausgaben anzugehen, und das gefiel ihm.

Fritz Brühe fragte sich, ob auch er seinem Aufenthalt in der Bar ein Ende setzen sollte. Die Entscheidung schob er dem Barmädchen zu.

»Was meint du, Sylvia?«

»Das liegt bei dir.«

»Wann machst du heute Schluß?«

»Zur Polizeistunde, wie immer.«

»Und dann?«

»Dann?... Was heißt dann?«

»Was machst du dann?«

»Schlafen gehen – was sonst?«

»Darf ich dir einen Vorschlag unterbreiten?«

»Wenn es der Vorschlag ist, den ich vermute, lautet meine Antwort: nein!«

»Warum?«

»Denkst du, ich habe nicht gesehen, daß zwischen dir und der vom Selzer etwas ist?«

»Sylvia«, erschrak Fritz, »bist du verrückt? Zwischen der und mir? Mit demselben Recht könnte ich behaupten, zwischen mir und der Wehlener Pfarrersköchin ist etwas.«

Sie lachte kurz.

»Fritz, ich bin nicht blind.«

»Scheinbar doch.«

»Und blöd bin ich auch nicht.«

Er begriff, daß ihr unbedingt der Mund versiegelt werden mußte. Und was war dazu das beste Mittel? Genau dasjenige, welches ihm schon vorschwebte, als er zu seinem Vorschlag angesetzt hatte.

»Sylvia«, sagte er, »du bildest dir etwas ganz Falsches ein, und ich werde dir das beweisen.«

»Wie denn?«

»Indem ich bis zur Polizeistunde bleibe… «

»Zwecklos.«

» …und dir anschließend zeige, was du mir bedeutest und nicht die vom Selzer.«

»Gib dir keine Mühe, als Lückenbüßerin mußt du dir eine andere suchen.«

»Lückenbüßerin?«

»Du sitzt doch heute zwischen zwei Stühlen. Der Selzer hat dir die Seine entführt, und der Zumberg die Seine auch.«

»Der Zum… «

Der Schreck schnitt ihm das Wort mittendurch.

»Bist du wahnsinnig, Sylvia?«

Fast mitleidig antwortete sie: »Du müßtest dich selbst sehen, wenn du die anschaust. Deine Augen verschlingen sie. Mir brauchst du nichts zu erzählen, Fritz.«

»Sylvia, hör auf mit diesem Irrsinn!«

»Kein Irrsinn!« Sie betrachtete ihn kopfschüttelnd. »Aber wie kann man nur so blöd sein? Ich kenne die Kleine, für die existierst du doch überhaupt nicht. Die ist nicht anders wie ihr Alter. Was für die zählt, das sind die Zumbergs und nicht die Brühes.«

Zur Illustration ihrer Worte rieb das lebenserfahrene Barmädchen Daumen und Zeigefinger aneinander.

»Sylvia…«

»Du bist ein Idiot, Fritz!«

»Sylvia, und wenn ich dir sage, daß du vielleicht recht hast…«

»Nicht vielleicht – sicher!«

»…daß du sicher recht hast, was dann?«

»Wie, was dann?«

»Kann ich dann bis zur Polizeistunde warten?«

Sie mußte sich das überlegen, doch als sie ihn eine Weile angeblickt hatte, schwand ihre ganze Härte, an der festzuhalten sie sich geschworen hatte, und sie antwortete plötzlich wieder lächelnd: »Ja, du Dummkopf.«

»Schon zurück?« fragte vier Tage später Fritz überrascht Anne, als er, wie üblich, vor seiner Leinwand saß und hingegeben malte und das Mädchen, das sich ihm unbemerkt genähert hatte, plötzlich vor ihm stand. Sie sah süß aus, einfach hinreißend. Wieder trug sie ihre Lieblingsausstattung – einen hübschen Rock, eine hübsche Bluse –, und sowohl unter jenem als auch unter dieser war, wie Männer im offenen Gespräch solche Fakten zu umreißen pflegen, »allerhand los«. Schlagartig setzten Fritz Brühes Tagträume ein, doch er wollte ihnen keinen Raum mehr geben. Er glaubte, mit sich ins reine gekommen zu sein.

»Es war toll«, sagte sie.

»Das glaube ich.«

»Madrid ist eine tolle Stadt.«

»Daran zweifle ich nicht.«

»Die Spanier sind tolle Leute.«

»Gute Stierkämpfer sind sie, habe ich mir sagen lassen.«

»Und der Prado – einfach toll!«

»Anne«, sagte er sarkastisch, »wissen Sie, mit was Sie zurückgekommen sind?«

»Mit was?«

»Mit der Tollwut.«

»Sehr witzig«, sagte sie eingeschnappt. »Was ist Ihnen denn heute schon über die Leber gelaufen, weil Sie so bissig sind?«

»Nichts.«

»Dann lassen Sie mir doch meine Begeisterung.«

»Ich lasse Ihnen alles: die Stadt, die Leute, die Stierkämpfer – nur eines neide ich Ihnen... «

»Was?«

»Den Prado.«

»Das verstehe ich«, sagte sie rasch versöhnt. »Aus Ihnen spricht der Maler.«

»Natürlich.«

Sie sah ihn mit ihren wunderbaren Augen warm an. Durch und durch ging ihm das.

»Glauben Sie mir«, beteuerte sie, »ich habe mir sehr gewünscht, daß Sie dabei wären. Oft genug habe ich an Sie gedacht, gerade angesichts dieser herrlichen Bilder.«

»Sie hatten doch jemanden dabei.«

»Ach«, erwiderte sie mit einer wegwerfenden Handbewegung, »der geht doch nicht in den Prado.«

Dazu konnte er nur schweigen.

Nicht mehr schweigen wollte er aber, als sie fortfuhr: »Was sagen Sie zu meiner Idee, daß Sie auf Ihr Honorar für mein Porträt vielleicht doch nicht verzichten und es anlegen für eine Reise nach Madrid?«

»Nein!«

»Warum nicht? Ich habe mir das auf dem Rückflug ausgedacht. Es ginge. Das Honorar würde ausreichen, es beträgt zweitausend Mark.«

»Nein!«

»Fritz, so überlegen Sie doch… «

»Nein, sage ich!«

Seine Unnachgiebigkeit in diesem Zusammenhang hatte Anne schon einmal den Kragen platzen lassen; jetzt war es wieder soweit.

Anne begann zu schimpfen: »Himmel, Herrgott, was sind Sie bloß für ein sturer Bock! Sie schaden sich doch nur immer selbst. Man will Sie zur Vernunft bringen, und was machen Sie? Sie stoßen einen vor den Kopf. Ich möchte nur wissen, warum ich mich mit Ihnen dauernd rumärgere.«

»Eben, das möchte ich auch wissen.«

»Treiben Sie's nicht zu weit, zwingen Sie mich nicht zum letzten Mittel!«

»Tut mir leid.«

»Ich bringe Sie nach Madrid, das garantiere ich Ihnen.«

»Ausgeschlossen!«

»Doch, ich bringe Sie!«

»Wie denn?«

Zornig blickte sie ihn an. Dazu paßte aber gar nicht, daß sie erwiderte: »Indem ich mitfahre.«

Er stand wie vom Donner gerührt.

»Überlegen Sie sich das«, setzte sie hinzu, wandte sich ab und ging rasch den Berg hinunter.

An diesem Tag machte Brühes Arbeit keine besonderen Fortschritte mehr. Immer wieder ertappte er sich dabei, daß sein Pinsel stillstand, weil zwischen demselben und seinem Schöpfergeist die Verbindung abgerissen war.

Ingrid Rehbein hörte in ihrem Zimmer, in dem sie einer Freundin in Koblenz in einem Brief schrieb, daß sich ihr Aufenthalt in Wehlen voraussichtlich noch ausdehnen werde, einen Wagen auf den Parkplatz fahren.

Ist das nicht der Porsche? fragte sie sich. Selbst Frauen können dafür ein Ohr haben.

Sie lief ans Fenster. Richtig, Herr Zumberg war gerade dabei, sich aus der Enge seines maßgeschneiderten Fahrersitzes zu winden. Die Rehbein ließ ihren Brief Brief sein, stellte sich rasch vor den Spiegel, zupfte ein paar Löckchen zurecht, machte zwei Wischer mit dem Lippenstift und eilte die Treppe hinunter. An der Tür verlangsamte sich ihr Schritt. Durchs Milchglas konnte man draußen den Schatten des Mannes sehen, der sich näherte. Die Rehbein legte die Hand auf die Klinke, und zwar im gleichen Moment, in dem dies auch der Mann draußen tat. Der programmierte leichte Zusammenprall war unvermeidlich.

»Oh!« stieß Ingrid Rehbein hervor.

Er: »Verzeihung!«

Sie: »*Ich* habe nicht aufgepaßt! *Ich* muß mich entschuldigen!«

Er: »Aber nein!«

Sie: »Doch, doch, ich weiß, daß ich sträflich geistesabwesend war. Und stellen Sie sich vor – ist das nicht lustig? –, ich war in Gedanken in Madrid.«

Er: »So?«

Sie: »Was werden die zwei jetzt dort machen, dachte ich.«

Das war wirklich zum Lachen, und beide taten es.

»Sie haben also nicht angenommen, daß ich – daß wir – schon wieder zurück sein könnten?« sagte er.

»Wirklich nicht, Herr Zumberg. Ich sehe Sie hier vollkommen überraschend.«

Der kleine Funke in seinen Augen glomm wieder auf, eine Idee größer jetzt.

»Haben Sie ein bißchen Zeit, Frau Rehbein?«

»Wieso?«

»Wir könnten im Lokal eine Tasse Kaffee zusammen trinken. Oder fürchten Sie, daß Herr Selzer etwas dagegen haben könnte?«

Verständnislos schüttelte sie den Kopf.

»Herr Zumberg, fragen Sie mich doch nicht so etwas!«

»Warum nicht?«

»Weil ich Sie auch nicht frage, ob Sie fürchten, daß Fräulein Selzer etwas dagegen haben könnte.«

Wie er diese Antwort fand, das ging hervor aus seinem Ausruf: »Sie haben recht!«

»Außerdem scheinen Sie noch nicht zu wissen«, setzte Ingrid Rehbein hinzu, »daß Herr Selzer vor einer Stunde plötzlich weg mußte nach Köln. Er kommt auch nicht heute oder morgen zurück. Frühestens übermorgen.«

Der Kaffee wurde in Begleitung eines Kognaks getrunken, und zwar nicht eines Kognaks vom Lokal, sondern eines aus der Hand Zumbergs, der ihn von seiner Reise nach Madrid mitgebracht und auf seinem Zimmer deponiert hatte.

Spanischer Kognak, sagte er, sei für seinen Geschmack der beste der Welt, jedem französischen überlegen.

»Deshalb bringe ich immer einen mit. Ich hole ihn rasch, damit Sie sich selbst davon überzeugen können, Frau Rehbein.«

Nach drei Gläsern war Ingrid Rehbein beschwipst. Der letzte Rest ihrer Hemmungen, mit denen es ohnehin nicht weit her war, hatte sich verflüchtigt. Kaum anders erging es Zumberg, der vorher noch nichts gegessen hatte.

»Herr Zumberg«, sagte sie, »ich muß eine ernste Frage an Sie richten... «

»Bitte.«

»Können Sie sich vorstellen, daß ich Ihre Schwiegermutter werde?«

»Nein«, erwiderte er aus Überzeugung. »Aber etwas anderes kann ich mir vorstellen.«

»Was?«

»Daß Sie meine Geliebte werden.«

Zwischen den beiden wurden Nägel mit Köpfen gemacht.

»Siehst du«, sagte Ingrid, »darauf wollte ich hinaus, Hermann.«

»Kennst du Trier, Ingrid?«

»Die Porta Nigra?«

»Nein, die Hotelzimmer dort?«

»Ich hoffe, sie sind gut.«

»Wir werden es in den kommenden zwei Nächten feststellen. Einverstanden?«

»Und was sagen wir denen hier?«

»Daß du zwischendurch rasch nach Koblenz mußt, ich nach Düsseldorf.«

»Und wo treffen wir uns wirklich?«

»Ich hole dich hier in Wehlen mit dem Wagen vom Bahnhof weg.«

»Du meinst, das klappt, ohne daß uns jemand sieht?«

»Ja, sehen könnte uns höchstens der Schang, wenn er nach Gästen Ausschau hält, aber der ist zu blöd, um sich dabei etwas zu denken.«

Die Zimmer im »Winzergold« hatte, das wurde schon einmal erwähnt, Frau Wagner unter sich, eine zweimal verwitwete, gestrenge Wehlener Persönlichkeit. Nicht nur auf Sauberkeit der Fußböden, sondern auch auf moralische Reinheit zu achten, war ihr ein Bedürfnis. Und in letzter Zeit ging ihr da diesbezüglich etwas ganz entschieden gegen den Strich. Ihre Überzeugung wuchs, mit jemandem darüber reden zu müssen. Aber mit wem? Das Kapitel war heikel.

Frau Wagner entschied sich für Herrn Gollwitzer.

»Ihr Beruf«, sagte sie zu ihm, »setzt Diskretion voraus. Außerdem bietet er Ihnen in vieles Einblicke, die sich summieren zu dem, was man Lebenserfahrung nennt. Deshalb frage ich Sie: Was soll ich tun?«

Der Kellner fühlte sich geschmeichelt.

»Wo drückt Sie denn der Schuh, Frau Wagner?«

»Hoffentlich haben Sie etwas Zeit, ich muß nämlich ausholen…«

»Tun Sie das.«

Frau Wagner verschränkte die Finger ineinander, drückte sie sekundenlang gegen ihre Lippen, löste sie dann davon und begann: »Herr Selzer gab mir vor einiger Zeit den Auftrag, unser bestes Zimmer ganz besonders gut in Schuß zu bringen…«

Dies sagte sie nicht zu Gollwitzer, sondern zu ihren verschränkten Fingern, mit gesenktem Blick auf diese.

Nun aber erhob sie den Blick und richtete ihn auf den Kellner.

»Daß das nicht notwendig gewesen wäre, weiß keiner so gut wie Sie, Herr Gollwitzer, denn meine Zimmer sind immer in Schuß.«

Der Ober nickte.

»Herr Selzer teilte mir damals mit, daß er einen persönlichen Gast erwarte«, fuhr Frau Wagner fort. »Eine… Dame.«

Wenn man sagt, daß jemand sprachlich stolpern kann, so war dies in geradezu klassischer Weise bei Frau Wagner der Fall.

»Eine Frau«, verbesserte sie sich.

Auch dem ließ sie eine Korrektur folgen.

»Eine Person.«

Gollwitzers Mundwinkel zuckten.

»Diese Erkenntnis, eine Person vor mir zu haben, Herr Gollwitzer…« Frau Wagner unterbrach sich: »Sie ahnen, von wem ich spreche, oder nicht?

Gollwitzer nickte. Frau Wagner wiederholte: »Diese Erkenntnis, eine Person vor mir zu haben, gewann ich von Anfang an. Eine Dame läßt sich nicht von einem Witwer in ein Doppelzimmer einquartieren, ohne, wie mein verstorbener erster Mann in solchen oder ähnlichen Fällen zu sagen pflegte, Lunte zu riechen.«

Gollwitzers Mundwinkel zuckten stärker.

»Dieser Witwer – Sie wissen, wen ich meine, Herr Gollwitzer... «

Er nickte.

»... und ich verlasse mich auf Ihre äußerste Diskretion in der ganzen Sache... «

Er nickte mehrmals beruhigend.

»...dieser Mann hat zwar für sein Handeln eine gewisse Quittung verdient, wie ich meine, aber das, was ihm schon sehr bald angetan wurde, geht zu weit. Und darüber wollte ich mit Ihnen reden, Herr Gollwitzer.«

Der Kellner ließ seine ersten Worte in diesem Gespräch laut werden: »Was wurde ihm denn angetan, Frau Wagner?«

»Man betrügt ihn von zwei Seiten.«

»Von zwei Seiten?«

»Jawohl, diese Person setzt ihm Hörner auf – und wissen Sie, mit wem?«

»Nein.«

»Mit dem jungen Maler, der ihm auf der Tasche liegt. Das ist der Dank von dem!«

Andreas Gollwitzer erschrak. Fritz Brühe hatte nämlich inzwischen weitgehend sein Herz gewonnen.

»Wissen Sie, was Sie da reden, Frau Wagner?«

»Sehr gut!«

»Hoffentlich haben Sie Beweise?«

Hoffentlich hat sie keine, dachte er dabei.

»Die schläft öfter bei dem auf seinem Zimmer als auf ihrem eigenen.«

»Ich wiederhole: Haben Sie Beweise?«

»Einen untrüglichen.«

Verdammt! dachte er.

»Welchen, Frau Wagner?«

»Ihre Pillen.«

»Was?«

»Ihre Pillen.«

»Können Sie mir das näher erklären?«

»Sie wissen, wie die verpackt sind. Für jeden Tag eine. Sie hat die ihren schon zweimal beim Maler liegenlassen. Und der achtet auf so was gar nicht, räumt nichts weg. Dadurch fiel die Packung mir auf. Sie wissen, Herr Gollwitzer, daß ich selbst täglich durch die Zimmer gehe. Die Mädchen müssen ja unter ständiger Aufsicht stehen.«

»Frau Wagner, wie wollen Sie wissen, daß diese Packung der Rehbein – von der sprechen wir doch – gehörte? Stand ihr Name drauf?«

Sie lächelte überlegen.

»Nein. Das war auch nicht nötig.«

»Wieso nicht?«

»Ich habe die Packung, die bei Herrn Brühe lag, genommen, die noch vorhandenen Pillen gezählt und die Packung wieder hingelegt.«

»Und?«

»Anderntags fand sich die Packung bei Frau Rehbein auf dem Zimmer. Um Gewißheit zu haben, mußte ich nur wieder die Pillen zählen. Zweimal bot sich dazu sogar, wie gesagt, die Gelegenheit. Genügt Ihnen das? Oder glauben Sie, daß sich hier im Haus zufällig gleichzeitig mehrere Frauen mit dem ganz gleichen Pillenrhythmus aufhalten?«

Andreas Gollwitzers Mundwinkel zuckten nicht mehr. Mit großen Augen blickte er Frau Wagner an. Beängstigende Gedanken gingen ihm durch den Kopf.

Ich habe ja, erinnerte er sich, ihren ersten Mann nicht gekannt. Damals arbeitete ich noch in der Schweiz. Aber mit ihrem zweiten sprach ich oft. Ich empfand große Sympathie für ihn. Auch er sammelte Streichholzschachteln des vorigen Jahrhunderts. Er war ein stiller, in sich gekehrter Mann. Über Häusliches sprach er nie. Mit achtundvierzig starb er. Entschieden zu früh, dachten wir alle. Sollten wir uns geirrt haben? Würde er uns, wenn wir ihn heute noch fragen könnten, vielleicht sagen, daß wir keinen Grund gehabt hätten, ihn zu bedauern?

»Was sehen Sie mich so an, Herr Gollwitzer?«

»Ich frage mich, was Sie jetzt tun werden«, antwortete er.

»Deshalb habe ich mich doch an Sie gewandt. *Sie* sollen mir das sagen!«

»Nein, ich nicht, ich halte mich da raus.«

»Das ist kein Standpunkt, Herr Gollwitzer. Empfinden Sie keine Treuepflicht gegenüber Herrn Selzer?«

»Es genügt mir zu wissen, daß *Sie* diese Treuepflicht empfinden und entsprechend handeln werden, Frau Wagner.«

Zu retten ist zwar der sympathische Fritz Brühe nicht mehr, dachte er, aber ich für meine Person werde zu seinem Fiasko jedenfalls nichts beitragen.

»Ich habe Angst, Herr Gollwitzer.«

»Vor wem?«

»Das ist ja das Paradoxe an der Sache – vor Herrn Selzer.«

Der Kellner nickte mehrmals stumm. Das war seine Antwort.

»Wir kennen doch seine Wutanfälle, Herr Gollwitzer.«

»In früheren Zeiten, Frau Wagner, haben Despoten Leuten, die ihnen schlechte Nachrichten brachten, die Köpfe abschlagen lassen.«

»Wenn ich an Herrn Selzer denke, wollen mir diese Zeiten fast als noch gegenwärtig erscheinen.«

»Ich glaube«, sagte der Kellner, der plötzlich eine Chance für seinen Günstling Brühe zu wittern anfing, »Sie haben recht, Frau Wagner. Wenn Sie dem Chef das unterbreiten, was Sie eruiert haben, kann es sein, daß er alles zu Brei schlägt, was ihm unter die Finger kommt, womöglich auch Sie. Solche Leute sind unkontrollierbar und erinnern mich immer wieder an jenen Mann in Rom, der bei der letzten Fußballweltmeisterschaft im Fernsehen, als die gegnerische Mannschaft ein Tor gegen Italien schoß, sich auf seine Frau stürzte und, nachdem es dieser gelang, Reißaus zu nehmen, den Fernsehapparat aus dem sechsten Stock auf die Straße warf. Unten lief gerade ein Hund vorbei und bezahlte es mit dem Leben. Es hätte auch ein Mensch sein können, eine Mutter mit einem Kind unter ihrem Herzen meinetwegen.

Der Zufall denkt sich da oft die unglaublichsten Steigerungen aus.«

Das reichte.

Frau Wagner fühlte sich tief enttäuscht von dem Kellner.

»Verhöhnen Sie mich?« fragte sie ihn.

»Wieso?«

»Die Mutter mit dem Kind unter dem Herzen hätten Sie sich sparen können.«

»Aber nicht den Wahnsinnigen, der den Fernsehapparat aus dem Fenster warf. Den hat's wirklich gegeben. Er stand in allen Zeitungen.«

»Unser Fall ist etwas ganz anderes. Die beiden lassen sich nicht miteinander vergleichen.«

»Wieso nicht? Wollen Sie etwa sagen, daß Sie sich keine Situation vorstellen können, in der Herr Selzer einen Fernsehapparat aus dem Fenster wirft?«

Frau Wagner blieb stumm.

»Na also«, meinte Gollwitzer, der spürte, daß es nur noch eines gewissen seelischen Drucks bedurfte, damit Frau Wagner auf seine Linie einschwenkte. »Außerdem möchte ich Sie an das erinnern, worüber Sie sich mir gegenüber im Vertrauen vor gar nicht so langer Zeit beklagt haben.«

»Worüber? Was meinen Sie?«

»Daß Sie wahrscheinlich die schlechtest bezahlte aller vergleichbaren Arbeitskräfte an der ganzen Mosel sind. Oder haben Sie mir das nicht gesagt?«

»Doch, aber meine Rentenbezüge – «

Gollwitzer unterbrach sie: »Ihre Rentenbezüge, jawohl, die sind's, die Herr Selzer ausnützt! Das tut er seit Jahr und

Tag. Mit uns Kellnern kann er sich das ja nicht leisten, wir sind Mangelware. Außerdem bin ich Mitglied der Gewerkschaft. Aber mit Ihnen macht er, was er will. Stimmt's etwa nicht?«

»Schon, aber... «

»Na, sehn Sie.« Gollwitzer setzte dazu an, seinen letzten Schuß abzufeuern. »Deshalb verstehe ich Sie nicht.«

»Sie meinen... ?«

»Was ich meine, ist klar: Lassen Sie ihn doch mit seinen Hörnern rumrennen, Frau Wagner! Was tangiert Sie das? Mir an Ihrer Stelle wäre es sogar eine Genugtuung.«

»Wenn Sie meinen, Herr Gollwitzer... «

Die Polizeistation in Wehlen hatte einen Besuch zu verzeichnen, der ihr schon zu einer kleinen Gewohnheit geworden war. Jean Küppers erschien in der Tür.

»Was verschafft uns heute die Ehre?« empfing ihn der diensthabende Wachtmeister ironisch.

Die Polizei war eine Behörde, welcher Jean Küppers seinen Respekt nicht versagte. Sie mußte eben sein. Seine Kontakte mit dem Wehlener Revier rührten daher, daß es bekanntlich ein Gesetz gibt, das den Bürgern eines zivilisierten Staatswesens körperliche Unversehrtheit garantiert. Dieses Gesetz und die Hauptaufgabe des Jean Küppers, genannt Schang, im »Winzergold« standen einander konträr gegenüber. Wenn Schang das Lokal von unliebsam gewordenen Gästen befreite, überschritt er manchmal – ohne es zu wollen – das als notwendig anzusehende Maß physischer Wirksamkeit. Und dann pflegte es bei der Polizei regelmäßig zu heißen: »Herr Küppers, gegen Sie ist wieder mal eine Körperverletzung anhängig.«

»In Ausübung meiner Pflicht«, antwortete Schang, auf den das Behördendeutsch schon abgefärbt hatte, auch regelmäßig mit Würde.

»Herr Wachtmeister«, erwiderte er heute, »der Grund meines Erscheinens ist diesmal ein anderer. Ich bin nicht vorgeladen.«

»Das weiß ich. Deshalb wundere ich mich, Herr Küppers.«

»Ich möchte eine Anzeige erstatten.«

»Sie? Eine Anzeige?«

»Aber keine offizielle.«

»Keine offizielle? Also eine inoffizielle, wollen Sie sagen?«

»Ja.«

»Inoffizielle Anzeigen gibt's nicht, Herr Küppers. Entweder – oder, verstehen Sie?«

»Sicher muß es die geben! Lassen Sie mich es Ihnen erklären: Ich meine eine Anzeige, bei der ich im Hintergrund bleibe.«

»Aha, eine anonyme Anzeige.«

»So was, ja.«

»Das hat zwar auch wenig Aussichten, aber sagen Sie mir mal, gegen wen sich denn diese Anzeige richten soll.«

»Gegen einen Herrn Hermann Zumberg.«

»Hermann Zumberg? Ist das nicht der Verlobte von Anne Selzer?«

»Von *Fräulein* Anne Selzer«, sagte Schang mit Betonung, den Wachtmeister dadurch zu etwas weniger Vertraulichkeit ermahnend. »Das ist auch der Grund, weshalb ich im Hintergrund bleiben möchte.«

»Und was soll der Gegenstand der Anzeige sein?«

Und nun verlor Küppers die Beherrschung.

»Lebensgefährliche Raserei mit seinem Scheißporsche!« stieß er hervor.

»Also Geschwindigkeitsüberschreitung, meinen Sie«, kleidete der Wachtmeister das in die ihm richtig erscheinenden Worte.

»Ja.«

»Wann?«

»Ständig.«

»Wo?«

»Überall.«

»Herr Küppers«, seufzte der Wachtmeister, »damit können wir nichts anfangen – von der gewünschten Anonymität Ihrer Anzeige einmal ganz abgesehen.«

»Was heißt das?« regte sich Schang auf. »Der Mann ist eine Gefahr für alle. Habt ihr nicht gehört, was erst vor kurzem auf der Strecke nach Bernkastel um ein Haar wieder passiert wäre? Und unser Fräulein Selzer saß neben ihm. Wenn das nicht aufhört, bezahlt die es noch mit ihrem Leben. Um ihn wäre es ja nicht schade, aber um sie. Darum geht's mir.«

Die Katze war aus dem Sack.

»Nehmt ihm den Führerschein ab«, fuhr Schang fort, »mehr will ich nicht. Einsperren müßt ihr ihn ja gar nicht. Führerscheinentzug genügt. Ich passe dann schon auf, daß er hier nicht ohne Führerschein rumkutschiert.«

Ihm zu erklären, daß das alles nicht so einfach wäre, fiel

dem Wachtmeister nicht leicht. Da brauche man konkrete Angaben. »Ständig«, »überall« usw. genüge nicht. Nötig sei: exakt wann, wo, wie? Zum Beispiel: um 16.32 Uhr – bei Kilometerstein 4 zwischen Wehlen und Bernkastel – Kurve mit überhöhter Geschwindigkeit geschnitten.

»Verstehen Sie das, Herr Küppers?«

»Ich verstehe nur«, antwortete Schang, »daß ihr da nichts machen wollt.«

»Daß wir nichts machen *können*, Herr Küppers.«

»Der darf also weiterhin eine Gefahr für alle sein?«

Der Wachtmeister zuckte die Achseln.

»Kann denn der alles machen?« regte sich Schang noch einmal auf. »Zuletzt habe ich ihn gesehen, daß er auch noch fremdgeht.«

»Fremdgeht?« So etwas stand zwar nicht unter gesetzlicher Strafe, aber es interessierte den Wachtmeister immer.

»Mit einer aus Koblenz, die sich unser Chef angelacht hat. Die zwei glauben wohl, ich bin doof, als ich sie gesehen habe. Aber das fällt unter Ihr Dienstgeheimnis, Herr Wachtmeister, sonst würde ich es Ihnen nicht erzählen. Als die ankam, habe ich ihr noch den Koffer getragen. In die Mosel hätte ich sie stoßen sollen mitsamt ihrem Koffer!«

Der Wachtmeister hob den Finger.

»Sind Sie froh, daß Sie das nicht getan haben, Herr Küppers. Uns genügen die bisherigen Körperverletzungsanschuldigungen gegen Sie, denen die mildesten Seiten abzugewinnen uns Mühe genug kostet und sicher noch lange kosten wird. Da muß kein Totschlag oder noch Schlimmeres hinzukommen.«

Als Schang aus dem Revier auf die Straße trat, brummte er in klassischer Selbstgesprächsmanier: »Was habe ich nur dauernd gesagt? Du mußt das in die eigenen Hände nehmen, Schang.«

Anne und Fritz machten es einander nicht leicht.

Schade, dachte sie, wenn sie ihn beobachtete, er ist ein netter Kerl, sympathisch, sieht gut aus, man möchte mit ihm zusammensein, aber nur vorübergehend, ein Mann fürs Leben ist er nicht. Die Frau, die den mal heiratet, hat nicht viel von ihm, denn dazu gehört ja auch noch etwas anderes. Was sagt mein Vater immer? Dazu gehört vor allen Dingen eine Basis! Und damit hat er recht, das sagt nicht nur er. Ich könnte nicht in Armut leben. Das heißt jedoch nicht, daß ich nicht nach Madrid fahren möchte mit ihm. Das ist mir so herausgerutscht bei ihm, aber bitte, er ist Kunstmaler, anders bekommt er den Prado nie zu sehen, und wer sollte denn eine solche Galerie erleben, wenn nicht ein Kunstmaler, damit er für sein Schaffen Nutzen daraus ziehen kann? Man wäre also direkt verpflichtet, sich dafür einzusetzen.

So dachte Anne.

Und Fritz?

Schade, sagte er sich, wenn er sie sah, sie ist ein so süßes Mädchen, eigentlich das süßeste, das mir je begegnet ist, doch sie hängt sich an einen alten Sack, der ihr Vater sein könnte, der aber Millionär ist. Und nur deshalb tut sie das auch, anders kann ich mir das nicht erklären. Als wenn sie nicht selbst genug besitzen würde. Aber so sind diese Leute, sie können den Hals nicht voll kriegen. Kennen kein anderes Interesse als nur das an Geld. In den Prado ist sie allerdings reingegangen. Er nicht. Sie sagte da etwas von Madrid, daß wir beide gemeinsam hinfahren sollen, gemeint war natürlich zum Prado, hoffe ich, aber daß das Wahnsinn wäre, ist mir klar. Nicht auszudenken, was da draus entstehen könnte, wenn's nach mir ginge. Und dann kämen wir zurück, und alles müßte wieder vorbei sein. Nee, nee, das tu' ich mir lieber von vornherein nicht an. Übermorgen werde ich mit dem Bild des Weinbergs fertig, und dann wird's am besten sein, ich hau' ab von hier. Ingrid und Sylvia, was ist mit denen? Na ja, die werden mir zwar nachweinen, schätze ich, aber ich kann ihnen nicht helfen. War ganz schön mit denen, erst mit Ingrid, dann mit Sylvia. Vielleicht geht das mit Ingrid in Koblenz noch eine Zeitlang weiter, doch dazu müßte auch sie ihre Zelte hier erst einmal wieder abbrechen. Ob sie das tut? Möglicherweise gelingt es ihr, sich statt des Selzers den Zumberg zu angeln. Anzeichen dafür sind vorhanden. Lachen müßte ich. Das wäre ja mein Wunsch gewesen, daß die Verlobung Annes mit dem platzt. Ich hätte zwar nichts davon, aber freuen würde es mich natürlich trotzdem. Warum eigentlich? Fragt mich danach nicht. Der Mensch ist halt mal so.

Einen Tag später suchte Fritz Brühe Herrn Selzer in dessen Büro auf.

»Morgen kriegen Sie Ihr Bild«, eröffnete er ihm.

»Schon?«

»Ja.«

»Das ging ja wesentlich schneller als erwartet.«

»Der Weinberg«, witzelte Brühe, »war ein braves Modell.

Er hat immer stillgehalten.«

Selzer lachte, dann fragte er, als ob er das nicht mehr gewußt hätte: »Was war als Honorar ausgemacht?«

»Zweitausend Mark.«

»Ach ja, richtig – plus ein zusätzlicher Hunderter.«

»Wofür?« fragte nun Brühe, als ob auch er das nicht mehr gewußt hätte.

»Haben Sie das vergessen? Weil Sie meiner Freundin andere Männer vom Leib gehalten haben.«

»Herr Selzer, auf diesen Betrag möchte ich verzichten.«

»Aha, der Kavalier in Ihnen diktiert Ihnen das, wollen Sie sagen.«

Brühe schwieg.

»Na gut, mein Lieber«, nickte Selzer, »ich verstehe Ihren Standpunkt, dann vergessen wir das eben. Daß ich Ihnen den Betrag gerne gegeben hätte, wissen Sie.«

»Ich reise morgen auch ab, Herr Selzer.«

»Wie bitte?«

»Das Bild ist morgen fertig, ich reise ab.«

Der Winzer schien nicht glauben zu können, was er da hörte.

»Und das Porträt meiner Tochter, Herr Brühe?«

»Das… das war doch kein ernst gemeintes Projekt. Ich wundere mich, daß Ihre Tochter überhaupt mit Ihnen darüber gesprochen hat. Anscheinend tat sie das aber.«

»Sie sind gut! Die spricht fast von nichts anderem mehr!«

»So?«

»Erst gestern teilte sie mir mit, daß sie sich eine neue Frisur überlegen müsse.«

»Nur das nicht!« rief Fritz.

»Habe ich auch gesagt. Aber sie sprach sogar vom Färben.«

»Großer Gott!«

»Von mir wollte sie sich das nicht ausreden lassen.«

»Was soll der Wahnsinn?«

»Soviel ich weiß, hat sie heute nachmittag schon einen Termin beim Friseur.«

»Das müssen Sie verhindern, Herr Selzer!« schrie Fritz Brühe fast.

»Ich? Wie soll ich das machen? Ich kann das nicht verhindern!«

»Sie sind doch der Vater!«

»Sie sagen es, ich bin der Vater. Aber als Vater kann man so etwas am wenigsten verhindern.«

Plötzlich schwand Brühes Aufregung, und er wurde ganz ruhig, gewissermaßen eiskalt.

»Gut«, sagte er, »dann werde ich mit ihr reden. Wo ist sie?«

»Auf der Post, irgendwas aufgeben, ein Einschreiben, glaube ich. Sie muß bald wieder zurück sein.«

»Ist sie zu Fuß?«

»Sicher, sind ja nur ein paar Schritte.«

»Ich gehe ihr entgegen.«

»Wissen Sie das Postamt?«

»Ja.«

Auf halbem Weg sah Fritz sie kommen. Blond leuchtete von weitem ihr Haar, das jeden Gedanken an eine andere Frisur oder gar Farbe für Fritz absolut ausschloß. Als sie ihn erkannte, leuchtete es in ihrem Gesicht auf. Sie verbarg nicht, daß sie sich freute, mit ihm zusammenzutreffen.

Finster hingegen blickte er ihr entgegen.

Sie hielten voreinander an.

»Wohin wollen Sie?« fragte sie ihn. »In den Ort?«

»Nein, ich suche Sie.«

»Hat Ihnen Vater gesagt, wo ich bin?«

»Ja. Er hat mir aber auch noch etwas anderes gesagt.«

»Was denn?«

»Daß Sie verrückt sind!«

Normalerweise lacht man über so etwas, aber von Brühes gleichbleibend finsterer Miene ging die Empfehlung, nicht zu lachen, aus.

»Total verrückt!« bekräftigte er.

Anne spürte, daß sie sich gegen etwas wappnen mußte.

»Und warum?« fragte sie.

»Weil Sie sich an Ihrem Haar versündigen wollen.«

Schon fühlte sich Anne wieder erleichtert. Das war ja halb so schlimm. Sie sagte: »Ich trage mich mit dem Gedanken, es ein bißchen zu verändern, ja.«

»Es ein bißchen zu verändern«, regte er sich auf. »Sie wollen es ruinieren!«

»Nein, ich – «

»Ihr Haar«, unterbrach er sie, »ist so, wie es ist, das schönste Haar, daß ich kenne.«

»Das schönste, das Sie kennen?«

»Es ist prachtvoll.«

»Prachtvoll?«

»Es ist einmalig.«

»Einmalig?«

»Und Ihre Frisur ist die einzig richtige für Sie.«

»Wirklich?«

»Jawohl!«

»Aber ich dachte, die Locken etwas kürzer – «

»Nein!!«

»…etwas kürzer wäre moderner.«

Ein Auto hupte kräftig. Fritz packte Anne bei der Hand und zog sie an den äußersten Straßenrand. Bürgersteig gab's dort keinen, wie so häufig in kleineren Orten. Erst hundert Meter weiter fing wieder einer an.

»Das war der Scheller Arnold«, sagte Anne.

»Welcher Scheller Arnold? Wo?«

»Der im Auto. Er erschreckt einen immer gern.«

»Idiot!«

»Ich ging mit seiner Schwester zur Schule.«

»Mich interessiert jetzt Ihr Haar, Anne. Kürzer, sagen Sie, wäre moderner.«

»Ja, daran gibt's doch gar keinen Zweifel, Fritz. Sehn Sie sich doch um.«

»Wollen Sie noch einmal an einer Wahl der Weinkönigin teilnehmen? Oder wollen Sie gemalt werden?«

Sie malen? Wer spricht denn davon? dachte er, sich selbst ertappt habend.

Anne war schlagartig rot geworden.

»Woher wissen Sie das?

»Was?«

»Daß ich schon einmal zur Weinkönigin gewählt worden bin.«

»Das erzählen doch alle hier.«

»Papa gab damals keine Ruhe, ich hätte sonst gar nicht mitgemacht.«

»Ist ja auch keine Schande. Aber nun geht's darum, daß Sie gemalt werden sollen, und das bedeutet, daß Sie mit anderen Augen gesehen werden, als mit denen eines Weintrinkers – oder aus welchen Leuten immer sich eine solche Jury zusammensetzt.«

Annes Stimmungen wechselten schnell; das liegt so in der Art normaler junger Mädchen. Schon lachte sie wieder.

»Von Weintrinkern halten Sie wohl nicht viel, Fritz?«

»Bleiben wir bei Ihrem Haar. Ich male Sie nur, wenn an dem nichts geändert wird.«

»So?« lächelte sie.

»Das schwöre ich Ihnen.«

»Meinetwegen. Aber vorher möchte ich das noch einmal hören… «

»Was wollen Sie noch einmal hören?«

»Daß mein Haar prachtvoll ist.«

»Prachtvoll.«

»Einmalig.«

»Einmalig.«

»Das schönste, das Sie kennen.«

»Das schönste, das ich kenne.«

»Gut. Und wissen Sie, von wem ich das noch nie so gern gehört habe?«

»Von wem?«

»Von Ihnen.«

»Von mir? Nicht von Herrn Zumberg?«

Den hatte sie wohl ganz vergessen, ja.

»Von dem?« erwiderte sie. »Wenn ich Ihnen verrate, was der mir empfiehlt, werden Sie sehr überrascht sein.«

»Was denn?«

»Daß ich mich dazu entschließen soll, Perücken zu tragen. Ein halbes Dutzend verschiedener Perücken. Er liebt die Abwechslung.«

»Wahnsinn!«

Mehr konnte Fritz Brühe dazu nicht sagen.

Sie gingen eine Weile stumm nebeneinander her, näherten sich dem »Winzergold«, bis schließlich Anne das Gespräch wieder in Gang setzte.

»Worüber wir uns noch nicht unterhalten haben, Fritz, ist, ob Sie mich im Freien malen wollen, oder in einem geschlossenen Raum.«

»Das können Sie entscheiden, Anne.«

»Was würden Sie mir raten?«

»Jedes hat seine Vorteile und jedes seine Nachteile.«

»Das habe ich mir auch schon gedacht.«

Sie blieb wenige Schritte vor dem Eingang des Lokals stehen. »Wissen Sie was?«

»Ja?«

»Wir beide überlegen uns das noch einmal bis heute abend, treffen uns nach dem Essen und gehen ein bißchen spazieren, um uns dann schlüssig zu werden. Einverstanden?«

»Gerne.«

Sylvia wienerte die Bar. Einmal pro Woche war das fällig, und dazu mußte das Mädchen seinen Dienst jeweils immer schon am Nachmittag antreten. Sie haßte natürlich diesen Tag und war mit Vorsicht zu genießen, wenn sie sich zur Putzfrau degradiert fühlte. Die gröberen Arbeiten, wie Bodenpflege und ähnliches, waren zuerst an der Reihe, das Staubwischen zuletzt. Gerade dieses Staubwischen haßte Sylvia aber noch einmal ganz besonders, und zwar ganz einfach deshalb, weil es die letzte Station war, von der sie noch einmal aufgehalten wurde, ehe sie die Hände mit den ruinierten Nägeln in den Schoß sinken lassen, eine Zigarette rauchen und sich einen Drink genehmigen konnte.

Als sie heute soweit war, zu diesem ruhevollen Viertelstündchen ansetzen zu können, sah sie sich gestört. Ingrid Rehbein kam in die Bar.

»Wir haben noch keinen Betrieb«, sagte Sylvia nicht gerade freundlich.

»Ich weiß«, antwortete Ingrid. »Kann ich trotzdem einen Likör haben?«

»Nein, tut mir leid, nicht vor achtzehn Uhr. Das ist Anordnung des Hauses.«

»So?« Ingrid Rehbein blickte kühl drein. »Ich könnte mir aber vorstellen, daß Ihnen Herr Selzer durchaus empfehlen würde, mit mir eine Ausnahme zu machen.«

»So?« sagte nun Sylvia.

Zwei Tigerinnen standen sich gegenüber, deren Kampfbereitschaft wuchs.

Aber warum Tigerinnen? Woher die Feindschaft zwischen den beiden?

»Ich möchte einen Cointreau!«

Ingrid klopfte, während sie dies sagte, bei jedem ihrer Worte mit dem langen roten Fingernagel ihres Zeigefingers auf die frisch polierte, glasbedeckte Bartheke.

Sylvia dachte kurz nach, schien sich dann zur Nachgiebigkeit zu entschließen, langte nach einem Likörglas und einer Cointreau-Flasche und füllte das Glas. Dann aber nahm sie dasselbe, setzte es rasch an den Mund und trank es in zwei Zügen aus.

»Sie«, sagte sie, das Glas absetzend und nun ihrerseits mit dem Fingernagel auf die Theke klopfend, »kriegen einen nach achtzehn Uhr.«

Daraufhin wußte Ingrid Rehbein, daß sie sich das hier leichter vorgestellt hatte. Doch statt zurückzustecken, was klüger gewesen wäre, verschärfte sie noch ihre Gangart.

»Das kann Sie Ihre Stellung kosten.«

»Wollen Sie mich entlassen?«

»Ich nicht, aber Herr Selzer.«

»Dann droht Ihnen dasselbe.«

»Machen Sie sich nicht lächerlich. Was soll mir drohen?«

»Auch die Entlassung durch Herrn Selzer.«

Ingrid Rehbein spürte ein leichtes Nachgeben ihrer Knie, denen sie das nicht verwehren konnte. Die Knie wurden ihr weich, wie man gebräuchlicher sagen sollte; ein bißchen zwar nur, aber immerhin; es war ein erstes Warnzeichen, das ihr Instinkt auf dem Wege über die dafür zuständigen Körpergelenke signalisierte. Sie trat nun doch – in Etappen – den Rückzug an.

»Haben Sie wenigstens eine Zigarette für mich?«

»Hätte ich schon, aber was, glauben Sie, habe ich, gerade, ehe Sie reinkamen, gemacht?«

»Was?«

»Alle Aschenbecher gereinigt.«

»Geben Sie mir trotzdem eine? Ich kann zwar keine verlangen, das weiß ich, aber ich bitte Sie doch sehr darum.«

Sylvia ließ sich erweichen, dann sagte sie aber wieder aggressiv: »Was wollen Sie von mir? Eigentlich kann ich es mir ja denken, aber... «

»Sie können es sich denken?« fiel ihr Ingrid ins Wort.

»Ja.«

»Das erleichtert es mir. Also kurz und gut: Sie schlafen mit Herrn Brühe!«

»Sehn Sie, das dachte ich mir. Deshalb sind Sie hereingekommen, um mir das auszutreiben, nicht?«

Bei Frau Rehbein trat noch einmal ein kurzes Aufbäumen in Erscheinung.

»Soviel ich weiß«, sagte sie, »ist es Angestellten des Hauses strikt untersagt, sich mit Gästen auf so etwas einzulassen, im Haus jedenfalls nicht. Außer Haus können Sie natürlich machen, was Sie wollen.«

»So? Und wie sehen Sie diesbezüglich Ihren eigenen Fall?«

»Meinen eigenen Fall?«

»Ihnen war doch in diesem Hause das Bett des Herrn Brühe auch nichts Fremdes.«

»Ich bin aber keine Angestellte hier.«

»Aha! Und deshalb, glauben Sie, wäre Herr Selzer mit Ihrem Verhalten einverstanden?«

»Ich verstehe! Sie meinen, mich mit einem Hinweis auf

Herrn Selzer mundtot machen zu können?«

»Kann ich das nicht?«

Ingrid Rehbein überlegte kurz. Dann entschloß sie sich, Herrn Selzer über Bord gehen zu lassen; dieses Kapitel sollte seinen endgültigen Abschluß finden.

»Nein, das können Sie nicht«, erklärte sie.

»So?«

»Herr Selzer interessiert mich nämlich nicht mehr. Ich habe eingesehen, daß ich ihn nicht liebe. Was immer er dazu sagen mag, wird daran nichts mehr ändern.«

»Aha.«

»Versprechen Sie sich also nichts davon, ihm zu berichten, daß ich ihn mit Herrn Brühe betrogen habe.«

»Soso. Dann ist es ja gut, daß ich noch ein zweites Eisen im Feuer habe.«

Ingrid Rehbein nahm das nicht ernst. Sie glaubte wieder ganz obenauf zu sein und sagte: »Bilden Sie sich ein, was Sie wollen! Ihre Eisen ziehen nicht mehr! Ich empfehle Ihnen deshalb, sich ab sofort von Herrn Brühe zurückzuziehen!«

»Und ihn wieder Ihnen zu überlassen?«

»Wenn Sie so wollen – ja.«

Sylvia lächelte kalt.

»Und daß das Herrn Selzer interessieren könnte, ist Ihnen, sagen Sie, egal?«

»Völlig.«

»Aber wie steht's mit Herrn Zumberg?«

Gelähmtes Schweigen trat ein.

Barmädchen können eiskalt sein. Kann eine das nicht, hat sie ihren Beruf verfehlt.

Sylvia goß einen Cointreau ein, den sie nun – das war ihr Gag! – ihrer Kontrahentin präsentierte. Sie sagte dabei: »Den haben Sie jetzt nötig, wie?«

Ingrid nippte verwirrt an dem Glas, schob es zurück und stotterte: »Wo... woher wissen Sie?«

»Ich habe Augen im Kopf.«

»Was heißt Augen im Kopf? Waren Sie in Trier?«

Sylvia war ein waches Geschöpf. Es war kein Holzhammer nötig, um sie hellhörig werden zu lassen. Hoppla, sagte sie sich, wieso fragt die mich, ob ich in Trier war? Ich wollte doch nur sagen, daß ich ihren Zumberg und sie hier schon länger beobachte – die Blicke, die sie sich zuwerfen... ihre Körperkontakte beim Tango... usw. Seiner Braut, der naiven, kleinen Anne, mag das nicht auffallen, auch dem alten, meist angetrunkenen Selzer nicht, dem Idioten. Ich aber sehe solche Dinge, wenn die vier, wie gestern abend, hier weilen in der Bar und sich vergnügen. Kann auch sein, daß sich die Anne nicht viel daraus macht. Manchmal kommt's mir schon so vor. Jedenfalls habe ich längst bemerkt, daß zwischen dem Zumberg und der Koblenzerin hier die Sache nicht mehr koscher ist. Aber nun hat sie mich sogar gefragt, ob ich in Trier war...

»In Trier«, antwortete Sylvia, »bin ich öfter, als manchen Leuten lieb ist.«

»Jetzt müssen Sie nur noch behaupten, daß Sie uns gesehen haben.«

»Ich bin euch sogar gefolgt«, ging Sylvia aufs Ganze.

»Gefolgt? Wohin?«

»Bis zu eurem Unterschlupf.«

»Ich weiß nichts von einem Unterschlupf.«

»Aber ich!« sagte mit Nachdruck Sylvia, die immer sicherer wurde, auf der richtigen Fährte zu sein. »Zumbergs silbergrauer Porsche wäre mir auf dem Parkplatz dort von ganz alleine aufgefallen, dazu hätte ich euch beide gar nicht sehen müssen. Ich kenne die Nummer. Sagen Sie ihm, daß er das nächste Mal seinen Schlitten besser in der Tiefgarage versteckt.«

»Wenn ein Auto vor einem Hotel oder einer Pension steht«, setzte sich Ingrid verzweifelt zur Wehr, »kann man daraus immer noch nicht schließen, mit wem sich der Besitzer des Wagens dort einquartiert hat.«

»Wir können ja seine Braut fragen, ob es mit ihr war«, sagte Sylvia trocken.

Endlich gab Ingrid die Partie verloren.

»Nein!« rief sie spontan.

»Im übrigen«, ließ Sylvia nicht locker, um ihrer Kontrahentin den letzten Rest zu geben, »verstehe ich Ihre Aufregung nicht. Wenn Sie, wie Sie den Anschein erwecken wollen, mit Herrn Zumberg nichts haben, kann es Ihnen doch egal sein, wenn er erfährt, daß Sie mit Herrn Brühe geschlafen haben und weiterhin mit ihm zu schlafen gedenken.«

»Nein!!« rief Ingrid verstärkt noch einmal.

»Was nein? Daß Sie mit Herrn Brühe nicht mehr zu schlafen gedenken? Oder daß Herr Zumberg nichts davon erfahren darf?«

»Beides!«

»Na also«, nickte Sylvia, »dann sind wir uns ja einig. Sie schlagen sich meinen Brühe aus dem Kopf, und ich unterlasse es, den Wissensstand Ihres Zumberg zu erweitern. Einverstanden?«

»Ja.«

»Das hätten wir aber eher haben können«, beendete Sylvia das Gespräch, dessen Verlauf sich Ingrid Rehbein wahrscheinlich anders vorgestellt hatte.

Ein wunderschöner Abend war angebrochen. Die Hitze des Tages hatte sich verflüchtigt, die Luft war nun lau. Am klaren Himmel schien ein fast voller Mond; dessen Scheibe spiegelte sich im dahineilenden Wasser der Mosel. Eine Nachtigall sang im Gebüsch am Ufer ihr spätes Lied, und um das Bild vollendeten Kitsches abzurunden – so hätten Zyniker gesagt –, waren auch noch jede Menge Glühwürmchen zur Stelle und machten der Dunkelheit die Herrschaft streitig.

Anne Selzer und Fritz Brühe hatten den Spaziergang, der zwischen ihnen vereinbart worden war, angetreten. Der Hauptgedanke des Malers war dabei von Anfang an, daß er sich darauf, entgegen seiner ursprünglich geäußerten Zustimmung, nicht hätte einlassen sollen. Das halte ich nicht aus, sagte er sich ganz profan.

»Wohin?« fragte Anne ihn, nachdem sie sich einige Schritte vom »Winzergold« entfernt hatten.

»Das überlasse ich Ihnen, Anne. Sie kennen sich hier besser aus.«

Von den vielen Wegen durch die Weinberge wählte Anne den stillsten.

Sie hatten sich getroffen, um sich schlüssig zu werden, ob

Anne im Freien gemalt werden sollte oder nicht. Und nun wartete Fritz darauf, daß sie, und Anne, daß er davon anfangen würde.

Beide schwiegen aber.

Der Mond schien, die Nachtigall sang, die Glühwürmchen glühten.

Endlich sagte Fritz: »Ich möchte wissen, wie die das machen.«

»Wer?« fragte Anne. »Und was?«

»Die Glühwürmchen ihr Glühen.«

»Das haben wir in der Schule mal gelernt.«

»Wir auch.«

»Aber ich weiß es nicht mehr.«

»Ich auch nicht mehr.«

Sie schwiegen wieder, bis beide über einen Stock stolperten, der quer überm Weg lag.

»Fall nicht!« rief Anne besorgt.

»Du auch nicht!«

»Hast du dir weh getan?«

»Nein. Du dir?«

»Überhaupt nicht.«

»Sag… «, er stockte, »sagen Sie die Wahrheit. Wenn Sie sich weh getan haben, kehren wir um.«

»Möchtest du… möchten Sie denn umkehren?«

»Nein, Anne.«

Natürlich möchte ich das! zwang er sich zu denken.

»Ich auch nicht, Fritz.«

Ich halte das nicht aus, sagte er sich wieder. Die spielt doch nur mit mir. Was für die zählt, sind die Zumbergs, nicht die

Brühes. Wer sagte das zu mir? Ich glaube, Sylvia. Ja, die war's.

»Fritz!«

»Ja?«

»Mögen Sie Mädchen?«

Er schluckte. »Ob ich was mag?«

»Mädchen.«

»Wie kommen Sie darauf?«

»Ich habe Augen im Kopf.«

Genau das gleiche hatte am Spätnachmittag Sylvia zu Ingrid Rehbein gesagt.

»Was heißt Augen im Kopf? Damit wollen Sie mich doch auf eine bestimmte Mitteilung vorbereiten?«

»Ja.«

»Auf welche?«

»Daß ich gesehen habe, was sich zwischen Ihnen und unserem Barmädchen tat.«

»Zwischen mir und...«

Er verstummte, nahm dadurch Abstand von der Lüge, zu der er angesetzt hatte.

»Oder zwischen Ihnen und Ihrer Landsmännin aus Koblenz.«

»Frau... Frau Rehbein, meinen Sie?«

»Ja.«

»Aber...«

»Was aber?«

»Die ist doch mit Ihrem Vater liiert.«

»Haben Sie sie daran im entscheidenden Moment erinnert?«

Fritz Brühe wußte, welches Kapitel hiermit für ihn wirklich endgültig erledigt war, nämlich das mit Anne Selzer.

»Nun möchte ich aber, ehrlich gesagt, wirklich umkehren«, erklärte er mit rauher Stimme.

»Das können wir noch nicht, Fritz.«

»Warum nicht?«

»Weil wir uns noch nicht entschieden haben, wo Sie mich malen wollen. Das war doch der Grund unseres Spaziergangs.«

»Am liebsten gar nicht mehr.«

»Was?«

»Am liebsten würde ich Sie gar nicht mehr malen«, wiederholte Brühe und setzte hinzu: »Sehen Sie, Geld steht zur Verfügung, Herr Zumberg zahlt, engagieren Sie sich einen renommierten Künstler, der Ihnen das Bild sicher besser machen wird als ich.«

»Nein.«

»Sagen Sie nicht nein.«

»Nein!«

Sie war stehengeblieben, sah ihn unerbittlich an. Er wich aber ihrem Blick nicht aus, erwiderte ihn entschlossen.

»Fräulein Selzer«, sagte er, »es wird Ihnen nichts anderes übrigbleiben. Ich fahre nämlich morgen nach Hause.«

»Sie fahren nicht nach Hause!«

Anne stampfte mit dem Fuß auf den Boden. So hatte Fritz sie schon einmal erlebt.

»Ich fahre nach Hause.«

»Du fährst nicht!«

»Du wirst dich damit abfinden müssen.«

»Herr Brühe, Sie duzen mich! Das zweite Mal schon! Wie kommen Sie dazu?«

»*Sie* haben damit angefangen, Fräulein Selzer. Ich will mich aber hiermit entschuldigen, es wird nicht mehr vorkommen.«

»Treiben Sie mich nicht zum äußersten, Herr Brühe.«

Auch das hatte er schon einmal von ihr gehört.

Sie setzte hinzu: »Oder es geht Ihnen wie mit unserer Reise nach Madrid.«

»Mit der?« Er lachte geringschätzig. »Gerade die dürften Sie am wenigsten erwähnen. Die hat sich doch längst in Luft aufgelöst.«

»Nicht, daß ich wüßte, Herr Brühe. Wir fliegen in vierzehn Tagen, ich habe gebucht. Eher wollte ich nicht, weil Sie ja eine gewisse Zeit brauchen, um mein Bild fertig zu machen, dachte ich mir.«

»Anne!«

»Was?«

»Du wirst... verdammt nochmal, Sie werden die Buchung für mich rückgängig machen!«

»Ich denke nicht daran! Dann verfällt eben die Karte!«

»Und die deine... die Ihre?«

»Die auch, das ist mir egal! Alleine mag ich nicht!«

»Bist du wahnsinnig?«

»Nein, aber mit dir könnte man's werden!«

»Anne!«

»Fritz!«

»Ich liebe dich!«

»Ich dich auch!«

»Warum schreist du so?«

»Du auch!«

Sie stürzten einander in die Arme, und sie schrien nicht mehr, sie wurden ganz still, ja fast so lautlos wie die Glühwürmchen, von denen sie umschwärmt wurden. Nur atmen hörte man sie noch, tief und heiß atmen in den kurzen Zwangspausen zwischen ihren Küssen.

»Anne«, sagte er dann einmal leise.

»Fritz«, flüsterte sie.

Und eine neue Serie leidenschaftlicher Küsse machte die beiden wieder mundtot.

Die Nachtigall sang nicht mehr, der Mond kroch hinter eine einzelne Wolke am Himmel.

»Frédéric, hörst du… «

»Frédéric?«

»Was dagegen?«

»Ich? *Du* warst doch diejenige, welche… «

»Ach, das ist schon eine Weile her«, fiel sie ihm ins Wort. »Inzwischen habe ich meine Ansicht wieder geändert. Wenn du die Frauen besser kennen würdest, wäre das keine Überraschung für dich. Liebst du mich, Frédéric?«

»Ja«, sagte er seufzend, »aber gerade dem wollte ich unter allen Umständen entfliehen.«

»Wem wolltest du entfliehen?«

»Meiner Liebe zu dir.«

»Warum?«

»Weil das mit uns niemals etwas werden kann.«

»Wieso nicht?«

»Ich bin kein Mann für dich.«

»Das«, lachte Anne leise, »hast du nicht zu entscheiden.«

»Wer dann, wenn nicht ich?«

»Ich.«

»Mach mich nicht schwach.«

»Während ich andererseits nicht entscheiden kann, ob ich eine Frau bin für dich.«

»Wer, außer dir, sollte das?«

»Du.«

Er versank in pessimistisches Schweigen. Daß es ein pessimistisches Schweigen war, spürte Anne.

»Du denkst an jemanden«, sagte sie ihm auf den Kopf zu.

Er nickte.

»Der liegt dir im Magen, nicht?«

Er nickte noch einmal.

»Mein Vater, nicht?«

»Ja«, stieß er hervor.

»Das dachte ich mir«, lachte sie.

»Lach nicht, Anne, er wird mich niemals als seinen Schwiegersohn akzeptieren.«

»Das *muß* er!«

»Glaub das nicht.«

»Ich hätte doch seine Auserwählte auch als Schwiegermutter akzeptieren müssen.«

»Was heißt, du hättest? Hältst du denn dieses Kapitel schon für erledigt?«

»Hör mal, nach ihrer Geschichte mit dir?«

»Willst du das etwa deinem Vater unterbreiten?«

»Was denn sonst! Die muß jetzt aus dem Haus. Ich will nicht, daß sie vielleicht noch einmal ein Auge auf dich wirft.«

»Ach, Anne, darum mußt du dir keine Sorgen machen. Aber glaubst du denn, daß das zur Begeisterung deines Vaters über mich beiträgt, wenn er erfährt, daß ausgerechnet ich ihm seine Freundin ausgespannt hatte?«

Anne stockte, dachte kurz nach.

»Das ist richtig«, sagte sie dann. »Es wird also wirklich besser sein, ihm nichts zu sagen. Wie mache ich das aber mit der?«

Fritz räusperte sich.

»Es gibt da noch ein ganz anderes Problem, Anne.«

»Welches?«

Er räusperte sich noch einmal.

»Dein Bräutigam… «

»Ach«, fiel sie zu seiner Überraschung geringschätzig ein, »das ist das wenigste. Bei dem hat sich, glaube ich, schon etwas mit einer anderen angebahnt.«

»Anne, mit wem?«

»Auch mit deiner Koblenzerin.«

»Woher weißt du das?«

»Sagte ich dir nicht schon einmal, daß ich Augen im Kopf habe?«

»Und das hast du so laufenlassen?«

»Sogar nicht ungern. Ich wollte frei sein.«

»Doch nicht für mich?«

»Für wen denn sonst, du Esel?«

»Seit wann?«

Erst küßte sie ihn rasch, damit er ob des »Esels« auch ganz sicher nicht beleidigt war, dann antwortete sie: »Seit wann, das weiß ich eigentlich selber nicht. Irgendwann fing's an.

Jedenfalls wurde es rasch mit jeder Stunde stärker, und ich dachte schließlich nur noch an dich und nicht mehr an Hermann Zumberg.«

»Aber, Anne, er ist doch ein Mann, mit dem ich mich nicht vergleichen kann.«

»Nein, das kannst du nicht, Fritz.« Sie küßte ihn. »Sei froh.«

»Von einem solchen Mann träumen alle Mädchen.«

»Ich nicht – nicht mehr, will ich sagen.«

»Er ist Millionär!« rief Fritz fast verzweifelt, als wollte er Anne ihren Verflossenen, der er nun doch schon war, unbedingt noch einmal einreden.

»Vielfacher sogar«, nickte sie.

»Sag mir nicht, daß ausgerechnet dich das nicht beeindruckt!«

»Nein, nicht mehr! Früher ja, aber jetzt... « Sie küßte ihn wieder.

»Jetzt bin ich ein Opfer der Liebe.«

Sie löste sich von ihm, trat einen Schritt zurück, hob den Zeigefinger und sagte: » Und nun hör auf damit, sonst... «

Sie verstummte, lauschte. Vom Tal herauf drangen plötzlich ungewohnte Töne, hauptsächlich Schreie.

»Ist das nicht bei uns?« fragte sie, hinunterblickend.

Flammen züngelten in Richtung des »Winzergold«. Sie schlugen noch nicht zum Himmel, aber jeder Großbrand fängt ja erst einmal klein an.

»Heiliger Sankt Florian, das ist bei uns!« rief Anne entsetzt und fing an, talwärts zu laufen. Fritz hielt sich an ihrer Seite. Die beiden stolperten wieder über den Stock, der ihnen schon beim Herweg Schwierigkeiten bereitet hatte. Je näher sie aber dem Brandherd kamen, desto mehr stellte sich heraus, daß nicht das Lokal selbst betroffen war, sondern der Parkplatz. Ein Wagen brannte, und zwar der Porsche von Hermann Zumberg.

Feuerwehreinsatz war keiner nötig. Ehe ein entsprechender Alarm zum Tragen gekommen wäre, wurde schon mit Wassereimern erfolgreich gelöscht. Fritz Brühe half mit. Übrig blieb freilich von dem Wagen nur ein verkohltes Wrack.

Die Frage, die allen – nur einem nicht – auf den Lippen schwebte, lautete: Wie war denn das möglich?

Dieser eine erschien auf dem Wehlener Polizeirevier und verkündete einleitend mit getragenem Ernst: »Über das, was ich heute zu machen habe, werden Sie sich wundern, Herr Wachtmeister.«

Der diensthabende Polizeibeamte war zufällig der gleiche, mit dem es Schang erst vor kurzem schon zu tun gehabt hatte.

»Und was ist es, das Sie heute zu machen haben, Herr Küppers?« fragte er.

»Eine Selbstanzeige.«

»Eine Selbstanzeige?« Die Verwunderung des Wachtmeisters war in der Tat enorm. »Wie denn das?«

Selbstanzeigen sind – das liegt in der Natur der Sache – an sich schon Raritäten. Wer erweist sich denn am eigenen Leib eine solche Mißhandlung? Eine Selbstanzeige des Jean Küppers aber war etwas ganz und gar Überraschendes, Unerklärliches, erwartete man doch von ihm noch nicht einmal, daß er diesen Ausdruck, diesen Begriff kannte.

»Der verdammte Porsche, dessentwegen ich schon letztes Mal hier war, hat doch gebrannt, Herr Wachtmeister... «

»Ja, ich weiß.«

»Der tat das nicht von selbst.«

Der Wachtmeister antwortete nicht gleich, sondern blickte dem Schang in die Augen. Nach der ganzen Einleitung war ja klar, was nun kommen mußte.

»Herr Küppers«, erklärte er schließlich, »überlegen Sie sich, was Sie hier sagen wollen.«

»Den habe ich angezündet. Mit dem fährt der keinen Schritt mehr.«

Der Wachtmeister schüttelte den Kopf.

»Schang«, sagte er unwillkürlich, »was ist in dich gefahren?«

Dann nahm er sich zusammen und fuhr fort: »Herr Küppers, bisher haben Sie uns ausnahmslos immer nur mit Ihren Körperverletzungen Sorgen gemacht, und die gehörten zu Ihrer Pflicht, sagten Sie stets. Irgendwie gelang es uns meistens, die Sache zur allgemeinen Zufriedenheit zu regeln – zu unserer, zu Ihrer, zu der des Staatsanwalts und zu der der Verletzten. Alle drückten gewissermaßen ein Auge zu. Die Verletzten, denen dies am schwersten gefallen sein mag, taten das in der Regel, wenn Herr Selzer mit ihnen verhandelt und das eine oder andere Sümmchen ins Spiel gebracht hatte... «

»Glauben Sie nicht, daß der mir das nicht immer vom Lohn abgezogen hat«, fiel Schang ein, um diesbezüglich Klarheit zu schaffen.

Das sei ihm egal, erklärte der Wachtmeister, jedenfalls dürfte niemand denken, daß die Polizei nicht wüßte, wie in solchen Fällen der Hase gelaufen zu sein pflegte.

»Aber«, fuhr er fort und haute plötzlich schmetternd auf den Tisch, »nun haben wir eine neue Lage! Zur Körperverletzung gesellt sich Brandstiftung! Gehört die vielleicht auch zu Ihrer Pflicht, Herr Küppers?« schrie er.

Die Würde, mit der Schang antwortete, war groß.

»In diesem Falle schon, Herr Wachtmeister.«

»So? Wieso denn?«

Schang erklärte es ihm. Eingeflochten in seine Darlegungen war der deutliche Vorwurf gegen die Polizei, daß sich dieselbe von einer Mitverantwortung für das, was geschehen war, nicht lossprechen könne. Hätte sie nämlich für jenen Führerscheinentzug gesorgt, um den sie von ihm, Jean Küppers, gebeten worden war, wäre sie jetzt nicht zur Entgegennahme seiner Selbstanzeige gezwungen.

»Soll das heißen«, fragte der Wachtmeister scharf, »daß Sie irgend etwas auf uns abwälzen wollen?«

»Nein«, antwortete Schang, einen Gipfel seiner Würde erklimmend, »ich löffle meine Suppen selber aus.«

Die Tür ging rasch auf, Anne Selzer wurde auf der Schwelle sichtbar. Sie zögerte, blickte herum, entdeckte Schang, trat ein und wandte sich an ihn.

»Was machst du hier?«

»Ich... ich spreche mit dem Wachtmeister.«

»Was sprichst du mit ihm?«

»Nichts Wichtiges.«

»Ich will es wissen.«

Schang preßte die Lippen zusammen. Er war entschlossen, die Auskunft zu verweigern, und erwartete vom Wachtmei-

ster dasselbe. In diesem Sinne blickte er ihn, ein Auge zuknei-
fend, an. Der Wachtmeister jedoch unterlag einem Mißverständnis.

»Herr Küppers weiß nicht«, sagte er, »wie er sich ausdrük-
ken soll, Fräulein Selzer. Ich bin dabei, seine Selbstanzeige zu
Protokoll zu nehmen.«

»Seine was?«

»Seine Selbstanzeige. Er hat die Brandstiftung an dem
Wagen auf dem Parkplatz Ihres Lokals begangen.«

»Wer behauptet das?«

»Er selbst. Daher seine Selbstanzeige. Dies besagt der
Name einer solchen Anzeige, Fräulein Selzer.«

»Blödsinn!« Anne kehrte sich wieder Schang zu. »Du sagst
dem Wachtmeister sofort, daß das ein Riesenblödsinn ist!«

»Was?«

Schang schaute völlig entgeistert drein.

»Was soll ein Riesenblödsinn sein, Fräulein Anne?« setzte
er hinzu.

»Daß du den Wagen in Brand gesteckt hast.«

Schang gab sich einen Ruck.

»Doch, das habe ich!«

»Schang«, sagte Anne, ganz knapp vor ihn hintretend, »du
lügst! Ich bin hundertprozentig davon überzeugt, daß du
lügst, hörst du! Und wenn du das nicht gleich zugibst, wenn
du dem Wachtmeister nicht sagst, daß du ihn angelogen hast,
spreche ich mit dir nie mehr ein Wort, verstehst du! Ich sehe
dich nie mehr an!«

Schangs Augen waren weit vor Entsetzen.

»Fräulein Anne... «

»Dann bist du für mich ein für allemal erledigt!«

»Aber...«

»Wir sind dann geschiedene Leute, Schang!«

»Ich... ich wollte doch nur...«

»Du wolltest doch nur die Polizei auf den Arm nehmen«, fiel ihm Anne ins Wort. »Das möchtest du doch sagen, nicht? Weiß der Teufel, warum du das wolltest, aber die Polizei auf den Arm zu nehmen, ist jedenfalls verboten und wird geahndet vom Gesetz. Mit einer Geldstrafe wirst du also rechnen müssen. Wenn du knapp bei Kasse bist, schieße ich dir den Betrag vor oder schenke ihn dir ganz, das werden wir schon sehen. Das Wichtigste ist, daß wir Freunde bleiben, meinst du nicht auch?«

»Ja«, stieß Schang hervor. Man hörte den Stein, der ihm vom Herzen fiel, geradezu plumpsen.

Anne ließ von ihm ab und widmete sich dem Wachtmeister. Dazu bestand sicherlich auch eine gewisse Notwendigkeit. Anne setzte deshalb ihr verführerischstes Lächeln auf und sagte zu ihm: »Ich bin froh, daß ich kein Mann bin.«

Der Wachtmeister, nicht faul, antwortete: »Ich bin auch froh, daß Sie kein Mann sind. Als Mädchen gefallen Sie mir viel besser.«

»Ich bin deshalb froh, kein Mann zu sein, weil dadurch auch keine Gefahr besteht, ein Polizeibeamter sein zu müssen.«

»Aha«, grinste der Wachtmeister. »Aber es gibt bei uns auch Beamtinnen.«

»Werden die auch so angelogen wie die Beamten?«

»Ich weiß es nicht.«

»Wie hoch mag denn die Geldstrafe sein, mit der unser Schang rechnen muß?«

»Das kann ich nicht sagen. Das ist Sache eines Richters.«

»Wenn er's erfährt... «

Die bildhübsche Anne blickte dabei dem jungen Wachtmeister, der noch lange nicht jenseits von Gut und Böse war, vielversprechend in die Augen. Und er, nicht faul, hatte zur Erwiderung den gleichen Blick parat.

»Von Herrn Küppers«, sagte er, »wissen wir, daß schon manchmal erwogen wurde, ihn einer gewissen Untersuchung zu unterziehen.« Er räusperte sich mehrmals. »Nicht jeder kann ein Einstein sein... in diesem Sinne, Sie verstehen, was ich meine, Fräulein Selzer. So gesehen, fühle ich mich, das will ich damit sagen, nicht auf den Arm genommen von ihm. Irgendein Protokoll muß also nicht angefertigt werden.«

»Danke«, hauchte Anne mit der ganzen Hingabe ihrer Seele – wohlgemerkt: Seele! »Wissen Sie, warum es außerdem für mich nicht das Richtige wäre, ein Mann zu sein?«

»Warum?«

»Weil ich dann nicht als Mädchen einem Mann begegnen könnte wie Ihnen.«

»Fräulein Selzer... «

»Aber leider sehe ich an Ihrem Finger, daß Sie schon verheiratet... «

»Nur verlobt!«

» ...jedenfalls schon vergeben sind. Verlobt oder verheiratet ist für mich dasselbe. Schade.«

Der kleine Satansbraten Anne brachte es wahrhaftig fertig, dem aufgeregten Wachtmeister noch einen Gruß voller Bedauern zuzunicken, ehe sie zur Tür schritt.

»Komm!« sagte sie dabei zu Schang, der eigentlich immer noch nicht wußte, wie ihm geschehen war. Dies wurde am deutlichsten draußen vor der Tür, als er zu Anne sagte: »Die Geldstrafe werde ich aber nur in Raten zahlen können.«

Sie blickte ihn an, eine Weilchen, schaute weg, blickte ihn wieder an, stellte sich auf die Zehen, um ihm einen sanften, ganz sanften Backenstreich zu geben. Sie mußte sich dazu strecken, weil sie sonst nicht zum Gesicht des Riesenkerls hätte hinaufreichen können.

»Schang«, sagte sie leise.

Und noch leiser: »Was bist du für ein lieber Idiot.«

»Was war denn auf der Polizei, Anne?« fragte Fritz sie.

»Alles erledigt«, antwortete Anne.

»Woher wußtest du denn plötzlich, wohin Schang verschwunden sein könnte?«

»Ich dachte es mir, nachdem ich von der Köchin erfuhr, was er ihr gegenüber angekündigt hatte.«

»Dieser Narr! Ich hätte nicht geglaubt, daß er gemeingefährlich werden könnte!«

»Vergiß nicht, wem zuliebe er's getan hat.«

»Ist eigentlich Zumberg schon im Bilde?«

»Soviel ich weiß, nicht.«

»Dann wird das noch einen schönen Tanz geben, wenn er's erfährt.«

Anne seufzte.

»Ich werde aufpassen müssen, daß Schang sich nicht an

ihm persönlich vergreift. Weißt du, was er mir auf dem Weg von der Polizei hierher noch erzählt hat?«

»Was?«

»Daß er die Rehbein und meinen Herrn Verlobten zusammen gesehen hat. Sie stieg in sein Auto. Das muß gewesen sein, als die beiden dann zwei Tage lang verschwunden waren; sie angeblich nach Koblenz, er nach Düsseldorf.«

»Regt dich das auf?«

»Im Gegenteil, das vereinfacht die Liquidation der Angelegenheit zwischen ihm und mir.«

Ein bißchen unangenehm berührt, sagte Fritz: »Anne, deine Formulierungen sind oft schon sehr geschäftsmäßig.«

Daraufhin meinte sie, daß das unvermeidlich sei. Sie stecke doch mittendrin im Geschäft. Vater habe sie schon als Minderjährige ganz bewußt in alles hineinriechen lassen. Das präge einen Menschen. Sie wolle sich aber nun dazu entschließen, sich diesbezüglich in Zukunft unter eine gewisse Selbstkontrolle zu nehmen. Gänzlich könne sie allerdings von ihrer Linie nicht abgehen, denn das Geschäftliche werde ja, wenn sie an ihre zukünftige Ehe denke, nach wie vor auf ihren Schultern ruhen.

»Oder hast du vor, deine künstlerische Tätigkeit aufzugeben?« fragte sie ihn.

»Niemals!« rief Fritz spontan.

Doch dann zog wieder Skepsis ein in sein Herz, und er sagte, daß von einer Ehe überhaupt noch gar keine Rede sein könnte; er sehe eine solche überhaupt nicht, und noch viel weniger werde sie ein gewisser Baptist Selzer sehen.

»Hast du Angst vor dem?« fragte ihn Anne anzüglich.

»Nein, Angst nicht.«

»Dann pack den Stier bei den Hörnern! Geh hin und halte bei ihm um meine Hand an!«

Er gab sich einen Ruck.

»Gut, das werde ich tun.«

Aber vorher mußte noch mit Anne über etwas Unangenehmes gesprochen werden, und zwar gleich. Sich um das herumdrücken, kam für Fritz nicht in Frage.

»Anne, sagte er, »ich habe dir noch ein Geständnis zu machen... «

»Was?« fiel sie ihm ins Wort. »Gibt's denn noch eine dritte, mit der du hier geschlafen hast?«

»Nein, das nicht.«

»Sondern?« fragte sie sichtlich erleichtert.

»Die Rehbein... die... die wäre vielleicht gar nicht auf die Idee gekommen, sich mit... mit deinem Verlobten auf etwas einzulassen.«

»Und das bedrückt dich? Ich bin froh, daß sie es tat.«

»Aber sie wurde dazu angestiftet, Anne.«

»Angestiftet? War das bei der nötig?«

»Doch.«

»Von wem?«

»Von mir.«

Anne blickte ihn sehr überrascht an. In ihrem Gesicht arbeitete es. Ihr Schweigen setzte ihm mehr zu, als es spontane harte Vorwürfe getan hätten. Er deutete es als schlimmsten Tadel, der möglich war, und erlag damit einem Mißverständnis.

»Ich weiß«, sagte er zerknirscht, »das war eine Schweinerei

von mir. Inzwischen habe ich mich schon oft genug gefragt, wie ich dazu überhaupt kam.«

»Hast du das, Frédéric?«

Er hob hilflos die Hände und ließ sie wieder fallen.

»Ja, das habe ich.«

»Schämst du dich?«

»Bestimmt, Anne!«

»Weißt du, wie *ich* das sehe?«

Das kann ich mir denken.«

Sie konnte nicht mehr länger halten und platzte plötzlich heraus mit einem hellem Lachen.

»Phantastisch sehe ich das!«

»Wie?... Was?«

»Ich betrachte dein Motiv und finde es herrlich!«

»Mein Motiv war – das kann ich nicht anders sagen – hinterlistig.«

»Sicher, das ist mir schon klar.«

»Dir ist das klar?« Fritz schüttelte den Kopf. »Aber begreifst du denn nicht, ich wollte dir deinen Verlobten abspenstig machen!«

In seinem psychologisch durchaus erklärlichen Büßerdrang ging der Zerknirschte, gleich einem der mittelalterlichen Flagellanten, geradezu bis zur Selbstzerfleischung.

»Und warum wolltest du das, mein Süßer?«

»Das ist es ja! Es bestand nicht die geringste Aussicht, dich zu kriegen, und trotzdem habe ich das gemacht! Ich gönnte ihn dir einfach nicht!«

»Das bestreite ich.«

»Was bestreitest du?«

»Daß du ihn mir nicht gönntest.«

»Doch, doch, das kannst du mir glauben, das stimmt!«

»War es nicht eher so, daß du mich *ihm* nicht gönntest?«

Fritz stutzte, korrigierte sich: »Ja, natürlich, du hast recht, aber das ändert nichts an meiner Schweinerei, denn –«

Abrupt verstummte er, wozu er gezwungen war, denn sie hatte ihm den Zeigefinger auf den Mund gelegt.

»Sei endlich still«, sagte sie. »Ich erfahre immer mehr, daß man dir wohl oft das Wort entziehen muß.«

Er schüttelte ihren Finger ab.

»Aber –«

Nun setzte sie ihre Lippen als Waffe ein, verschloß ihm mit ihren die seinen. Und dieser Kuß wurde zum Vater einer ganzen Serie unmittelbarer Nachfolger.

Baptist Selzer saß am Schreibtisch und war befaßt mit den Unterlagen, um deren Übersendung in einem Brief sein Steuerberater, der in Traben-Trarbach saß, gebeten hatte. Dies bedeutete nichts anderes, als daß schon wieder einmal das Finanzamt seinen unersättlichen Rachen aufsperrte, um in absehbarer Zeit Selzers gänzliche Habe zu verschlingen. In solchem Licht sah jedenfalls der Winzer den heranrückenden Termin der alljährlich fälligen Steuererklärung.

Immer wieder stieg ein saftiger Fluch empor zur Zimmerdecke.

Dann klopfte es an der Tür.

»Herein!«

Fritz Brühe erschien.

»Was gibt's?« knurrte Selzer. »Aber machen Sie schnell,

ich bin gerade bei meiner Steuererklärung und lasse mich ungern bei dieser Beschäftigung stören; sie ist mir zu lieb«, setzte er in bitterster Ironie hinzu.

Der junge Maler blickte herum nach einem Stuhl, auf dem er gern Platz genommen hätte. Es wäre ein solcher auch vorhanden gewesen, sogar zwei, aber von seiten des Winzers erfolgte kein entsprechendes Angebot.

»Herr Selzer«, begann Brühe deshalb im Stehen, »der Grund meines Erscheinens wird Sie überraschen... «

Besser gesagt, bestürzen, dachte er dabei und fuhr fort: »Aber die Angelegenheit duldet keinen Aufschub.«

Was rede ich da für einen Stuß? fragte er sich. Statt ihm zu sagen: Deine Tochter und ich wollen heiraten, sag ja dazu, und schon bin ich wieder draußen, und du kannst dich weiter mit deiner Steuererklärung amüsieren.

»Sie wissen ja, Herr Selzer, daß das Gemälde, mit dessen Anfertigung Sie mich betraut haben, praktisch fertig ist und ihre Tochter ein neues will.«

»Jaja – und?«

»Sie war sich aber in einigen Fragen, wie das Bild ausfallen soll, noch nicht schlüssig.«

»Das kenne ich. So sind alle Weiber.«

»Ihre Tochter und ich unternahmen deshalb einen Spaziergang... «

Selzers Gesicht wanderte plötzlich ab. Sein Blick haftete auf seinen Steuerunterlagen, und das ließ rasch eine Idee in ihm reifen.

»Hören Sie mal«, unterbrach er den Maler, »Sie könnten mir doch für das Honorar, das wir zwei vereinbart haben, eine Quittung mit einem wesentlich höheren Betrag ausstellen.«

»Wozu?« fragte Brühe, aus der Bahn geworfen.

»Fürs Finanzamt natürlich. Die Brüder verdienen nichts anderes, als daß man sich mit allen Mitteln zur Wehr setzt. Die legen einem ja die Schlinge um den Hals.«

»Herr Selzer, lassen Sie uns darüber reden, wenn ich Ihnen erst den Grund meines Erscheinens hier dargelegt habe.«

»Im vergangenen Jahr haben die mir eine Nachzahlung aufgebrummt, die ich Ihnen gar nicht nennen will, sonst fallen Sie vom Stuhl.«

»Bei unserem Spaziergang«, sagte Brühe, der auf gar keinem Stuhl saß, »vergaßen wir dann allerdings, über das Bild zu sprechen.«

»Wissen Sie, wozu Sie eine solche Nachzahlung treiben kann, mein Lieber?«

»Vielmehr erkannten wir, daß wir uns lieben und heiraten wollen. Ich erlaube mir deshalb, Sie um die Hand Ihrer Tochter zu bitten.«

»Ich war nahe daran – «

Abruptes Schweigen. Dann ein aufspringender Baptist Selzer, der schrie: »Was war das? Worum bitten Sie? Bin ich wahnsinnig? Oder sind Sie es?«

»Herr Selzer, ich spreche auch im Namen Ihrer Tochter.«

»Meiner Tochter?!« Der Winzer stieß die geballte Faust in die Luft und schüttelte sie. »Meine Tochter ist verlobt! Und zwar mit einem Mann, der für sie in Frage kommt – nicht mit einem Habenichts!«

Er holte tief Atem, blähte sich auf.

»Ich wiederhole, nicht mit einem Habenichts, der sich hier eingeschlichen hat! Jawohl, der sich hier eingeschlichen hat! Jetzt wird mir das klar! Ich – «

Fritz Brühe war blaß geworden. Genau das habe ich erwartet, dachte er erbittert.

»Wer hat sich hier eingeschlichen?« unterbrach er den tobenden Winzer. »Kamen nicht *Sie* zu mir nach Koblenz? Haben nicht *Sie* mich engagiert? Ich wußte doch von Ihnen und Ihrem Besitz hier gar nichts!«

»Aber dann stach Ihnen mein Besitz hier sehr rasch in die Augen, nicht wahr?«

Nun platzte Brühe der Kragen.

»Ihr Scheißbesitz«, schrie er, »interessiert mich nicht! Was mich interessiert, ist Ihre Tochter!«

»Das glaub’ ich dir, du Mitgiftjäger, du elender!«

»Das verbitte ich mir!«

»Du Mitgiftjäger, du elender!« wiederholte Selzer, wich aber gleich nach Art vieler Wüteriche ängstlich zurück, da sich ihm Brühe drohend näherte.

»Sagen Sie das nicht noch einmal!«

»Du – «

»Und duzen Sie mich nicht noch einmal, sonst… «

Selzer lief zum Fenster, riß es auf und rief hinaus: »Schang, Schang, komm her, hier wartet Arbeit auf dich!«

Die Tür flog auf. Auf der Schwelle stand aber nicht Schang, sondern Anne, herbeigelockt vom Gebrüll ihres Vaters und zuletzt auch Brühes.

»Was ist hier los?« stieß sie hervor, die Tür hinter sich zustoßend.

Der Winzer atmete schwer. Er mühte sich, seine Beherrschung zurückzugewinnen. Anne blickte zwischen ihm und Brühe hin und her.

Draußen wurden wieder eilige Schritte laut. Noch einmal flog die Tür auf, Schang erschien.

»Schang«, empfing ihn, auf Brühe zeigend, der Winzer, »wirf den raus hier! Aber gleich so, daß er zusammen mit seinen Sachen für immer verschwindet! Sein Honorar wird ihm per Scheck nachgesandt!«

»Auf Ihr Honorar pfeife ich!« ließ sich Brühe vernehmen.

»Darauf pfeifst du nicht!« rief Anne. »Das sähe dir wieder einmal ähnlich!«

»Schang«, wiederholte der Winzer, »wirf ihn raus! Wie oft muß ich dir das noch sagen?«

Schang machte einen Schritt auf Brühe zu. Anne trat rasch zwischen die beiden.

»Schang«, sagte sie erregt, »das tust du nicht!«

Schang blieb stehen.

»Schang«, fragte ihn der Winzer scharf, »auf wen hörst du? Auf die oder auf mich?«

Was er daraufhin erlebte, war ein kleiner Weltuntergang für ihn.

»Auf Fräulein Anne«, erwiderte Schang, das Mädchen anstrahlend.

»Du kannst gehen«, sagte Anne zu ihm. »Laß dir von Herrn Gollwitzer ein Glas Wein geben.«

Willig verließ der Riese das Zimmer, ohne dem Winzer noch einmal einen Blick zu schenken. Doch er war nicht der einzige, der das Feld räumte. Auch Fritz Brühe zögerte nicht, Schangs Beispiel zu folgen und sich zur Tür zu wenden.

»Ich habe hier nichts mehr verloren«, sagte er dabei. »Dieses ganze Wehlen ist kein Platz für mich und wird niemals einer sein. Mach's gut, Anne.«

»Fritz!« rief sie ihm nach, doch er blieb nicht stehen, und sie versuchte auch kein zweites Mal mehr, ihn zurückzurufen. Das muß alles anders erledigt werden, dachte sie.

Fritz Brühe alias Frédéric Bruhère verließ noch in derselben Stunde Wehlen und fuhr heim nach Koblenz.

»So, das hätten wir hinter uns«, sagte Selzer aufatmend zu seiner Tochter, als sich die Tür hinter Brühe geschlossen hatte.

Anne funkelte ihn an.

»Setz dich doch«, forderte er sie auf.

Sie fuhr noch eine Weile fort, ihn stumm anzufunkeln.

»Weißt du, was der jetzt macht?« fragte sie ihn schließlich.

»Setz dich doch.«

»Der fährt nach Koblenz.«

»Hoffentlich.«

»Und zwar unwiderruflich.«

»Hoffentlich«, sagte Selzer etwas lauter noch einmal.

»Und weißt du, was ich tun werde, lieber Vater?«

»Was?«

»Ihm folgen.«

Er blickte sie durchaus nicht erschrocken, sondern nur zweifelnd an, tat dies auch noch, als sie hinzusetzte: »Und zwar unwiderruflich, mein lieber Vater.«

»Anne, das ist doch nicht dein Ernst.«

»Das wirst du schon sehen, daß das mein Ernst ist.«

»Anne... « Er schüttelte den Kopf. »Anne, mach keinen solchen Scheiß. Das liegt gar nicht in deiner Art. Du bist doch nicht plötzlich wahnsinnig geworden. Was willst du denn mit dem? Komm, setz dich her, ich will dir erklären – «

»Spar dir das!« unterbrach sie ihn hart. »Ich weiß, was du mir erklären willst: genau das, was du mir seit eh und je erklärt hast. Ich kenne jedes Wort deiner Philosophie, und deshalb ist jetzt jedes Wort überflüssig. Ich gehe!«

»Anne«, stieß er hervor, den Ernst der Lage langsam erkennend, »du mußt tatsächlich plötzlich vollkommen verrückt geworden sein. Was ist mit Hermann Zumberg?«

Anne lachte plötzlich kurz und kalt.

»Mit dem?«

»Ja, mit dem! Den scheinst du völlig vergessen zu haben!«

»Oder er mich.«

»Wie... wie soll ich das verstehen?«

»Der hat sich schon anderweitig getröstet.«

»Waaas? Das glaube ich nicht!«

»Frag seine neue Flamme.«

»Kenne ich die?«

»Sehr gut sogar.«

»Wer ist sie?«

»Ingrid Rehbein.«

Der Blitz schien in Selzers Nervenzentrum eingeschlagen und ihn dadurch gelähmt zu haben. Solche Mitteilungen sind aber auch geeignet, den stärksten Mann, wie der Volksmund sagt, umzuhauen. Fassungslos starrte der Winzer seine Tochter an.

Endlich krächzte er: »Du machst einen Scherz?«

»Durchaus nicht, lieber Vater.«

»Ich glaube das nicht.«

»Ich glaube es für dich mit, lieber Vater.«

Annes lieber Vater, der gezielte Ironie dieser Art in diesen Augenblicken am wenigsten vertragen konnte, knirschte mit den Zähnen.

»Seit wann willst du das wissen?« preßte er hervor.

»Seit gestern.«

»Von wem?«

»Du wirst lachen, lieber Vater, entscheidende Gewißheit gab mir Schang.«

»Weeer?«

Das schlug dem Faß den Boden aus.

Selzer fuhr aus der Haut. Daß seiner Blamage, seiner Schande ausgerechnet ein Idiot, ein Geistesschwacher in seinen Augen, auf die Spur gekommen sein sollte, das schien ihm am unerträglichsten. Er bekam einen Tobsuchtsanfall, zerschmiß zwei tönerne Aschenbecher, stieß fürchterliche Verwünschungen aus, nannte alle Frauen »Huren« und alle Düsseldorfer »Hurenböcke«, wollte auch noch den Schreibtisch umwerfen und schwor, als dabei sein Blick auf die Steuerunterlagen fiel, daß er als nächstes das Finanzamt anzünden werde.

Er hielt inne, als er merkte, daß er allein war. Anne hatte ihn sich selbst überlassen.

»Anne!« brüllte er. »Komm her! Anne!«

Niemand erschien. Seine Tochter hatte ihn in dieser Minute verlassen – äußerlich und, was noch viel bedeutsamer war, auch innerlich.

Anne Selzer brach ihre Zelte in Wehlen ganz planmäßig ab. Einen oder zwei Koffer vollzupacken und damit zu verschwinden, das wäre Annes Verhältnissen nicht angepaßt gewesen. Bei Veränderungen dieser Art lassen sogenannte »kleine Mädchen« am Ort, von dem sie sich trennen, nichts weiter zurück als eine kurze Erinnerung an sie. Anne Selzer war aber – in diesem Sinne – kein »kleines Mädchen«, sondern ein ziemlich vermögendes. Ihr mütterliches Erbteil, das in den Selzerschen Liegenschaften steckte und arbeitete, war beträchtlich. Um daraus aber laufende Einkünfte ziehen zu können, auf die Anne bisher verzichtet hatte, mußte anwaltschaftlich einiges entsprechend reguliert werden. Die neue Situation zwischen ihr und ihrem Vater schloß es aus, daß sie sich von ihm, wie früher, auch weiterhin mit dem Nötigsten an Geldmitteln versehen ließ. An diese Einführung hatte sich Baptist Selzer nur allzu gerne gewöhnt; sie schien ihm das Natürlichste auf der Welt zu sein. Er fiel deshalb aus allen Wolken, als ihn der erste Brief des von Anne engagierten Anwalts erreichte; er war aber auch zu stolz – sprich: zu stur –, um seinen Kurs zu ändern. Er wußte, daß es für ihn nur eine einzige Möglichkeit gegeben hätte, das alte Verhältnis mit seiner Tochter wiederherzustellen: diesen Koblenzer Maler zu akzeptieren. Und das kam nie und nimmer in Frage!

Anne hatte sich abgesetzt zu einer Tante in Dortmund.
Warum nicht zu Fritz Brühe?

Nun, sie konnte sich selbst nicht ganz verleugnen und hätte es deshalb gern gesehen, wenn Fritz zu ihr gekommen wäre. Sie hatte dafür gesorgt, daß die Köchin im »Winzergold« – und damit die ganze Belegschaft – ihre Dortmunder Adresse kannte. Die geringsten Nachforschungen, die einer, der sie liebte, anstellte, mußten also zu ihr führen. Wenn er solche Anstrengungen anstellte. Anne wartete.

Eine wunderschöne morgendliche Sommersonne schien durch das schräge Glasdach in den weiten Raum und tauchte alles in ein freundliches Licht. In ihren Strahlen tanzte der Staub. An den Wänden lehnten Gemälde... und so weiter.

Mit diesen Sätzen fing unser Roman an. Man blättere zurück und überzeuge sich davon. Geändert hatte sich, örtlich gesehen, in der Zwischenzeit fast nichts. Wieder schien auch heute eine wunderschöne morgendliche Sommersonne durch das schräge Glasdach in den weiten Raum – der Fritz Brühes Atelier war – und tauchte alles in ein freundliches Licht... und so weiter.

Nur dem Maler selbst war alles andere als freundlich zumute. Seit er – vor sechs Wochen – Wehlen verlassen hatte und in Koblenz wieder eingetroffen war, erschien er seinen Freunden, deren es nicht wenige gab, nahezu als Fremder. Wer sich nicht zu ihm selbst bemühte, bekam ihn kaum zu sehen. Auch sein Platz im Stammlokal blieb meistens leer.

»Was ist denn los mit ihm?« lautete die Standardfrage, die in seinem Bekanntenkreis lange genug die Runde machte. Mit der Zeit aber schlief auch sie, wie alles, ein. Fritz Brühe wurde sozusagen von den Seinen abgeschrieben.

Was war denn wirklich los mit ihm?

Nun, er hatte sich in seinem Atelier vergraben und malte wie besessen. Was aber malte er? Immer wieder dasselbe – Anne.

Sie ging ihm nicht aus dem Kopf, sie lag ihm im Blut, er konnte sie nicht aus dem Herzen und aus den Fingern reißen, mit denen er sie malte, malte, malte – zum zehnten- oder elftenmal schon! Einmal im Freien, einmal im geschlossenen Raum, mal lachend, mal ernst, mal gehend, mal stehend, mal sitzend, mal liegend, mal angezogen und – mal auch nackt.

Nackt?

So kannte er sie doch noch gar nicht, das war von den beiden versäumt worden, und darin wurzelte wohl die größte Sehnsucht, von der sowohl er nach ihr als auch sie nach ihm geplagt wurde.

Nach sechs Wochen freilich sagte er sich: Es hat keinen Zweck, ich muß sie vergessen, ich mache mich sonst noch völlig kaputt!

Und er verbrannte die Bilder von ihr, mit Ausnahme eines einzigen – des nackten. Auch dieses dem Feuer zu überantworten, brachte er nicht fertig. Er glaubte einen Fehler entdeckt zu haben. Ihr herrlicher Busen schien ihm eine Idee zu klein geraten zu sein.

Ich muß ihn noch verbessern, sagte er sich.

Und dann?

Dann wollte er das Bild entschlossen verbrennen.

Verrückt!

Evelyn Braun in Dortmund, Annes Tante, war eine ältere Dame, die in ihrem Leben keinen Mann abgekriegt hatte. Dies hatte sie sich selbst zuzuschreiben.

»Anne«, sagte sie, »du bist im Begriff, denselben Fehler zu machen wie ich. Männer haben ihren Stolz. Wenn ihnen gewisse Umstände das verbieten, laufen sie einer Frau nicht nach. Dein Fritz – «

»Aber mein Vater hat ihn doch vor den Kopf gestoßen, nicht ich!« unterbrach Anne die Tante.

»Das ist egal, Anne. Ich kann mir vorstellen, daß er denkt, dein Vater könnte im Grunde recht haben. Und dem will er sich unter keinen Umständen aussetzen.«

»Tante, dann ist er verrückt!«

Evelyn Braun nickte lebenserfahren.

»Männer sind durchweg verrückt, Anne, und Frauen auch. Es kommt nur manchmal darauf an, daß man – als Frau – etwas weniger verrückt ist als der Mann, auf den's ankommt.«

»Hast du das damals versäumt, Tante? Entschuldige, wenn ich so indiskret bin, dich das zu fragen.«

Die alte Dame lächelte nachsichtig. »Ja, das habe ich, Anne. Und es wurde mir zu spät klar. Als ich nämlich einsichtig wurde und auf den Mann, um den es mir zu tun war, zukommen wollte, stellte sich heraus, daß er zwei Wochen zuvor ein Schiff bestiegen hatte, um nach Australien auszuwandern. Rückgängig war da nichts mehr zu machen.«

»Koblenz ist nicht Australien, Tante.«

»Sag das nicht, Kind. Entscheidend ist nicht die räumliche Entfernung, viel gefährlicher kann eine andere sein. Du hast mir doch von dieser Sylvia erzählt, eurem Barmädchen. Die kann ihren Beruf überall ausüben. Stell dir vor, die entschließt sich zu einem Ortswechsel nach Koblenz.«

»Tante!«

»Ich will dich ja beileibe nicht loshaben hier, mein Kind, aber verstehen tu' ich dich, ehrlich gesagt, nicht. Du sitzt hier und wartest und wartest, aber er kommt nicht. Sechs Wochen sind eine lange Zeit. Ich kam zwei Wochen zu spät. Dabei hast du mir erzählt, daß du ursprünglich ohnehin gleich zu ihm wolltest. Hast du das nicht auch deinem Vater gesagt?«

»Ja, aber… «

»Was aber?«

»Dann habe ich mir vorgestellt, daß es für mich doch noch schöner wäre, wenn er zu mir käme und nicht ich zu ihm.«

»Anne, Anne… « Tante Evelyn schüttelte den Kopf. »Genau wie ich damals. Und sieh mich an, was aus mir geworden ist: eine verschrobene alte Jungfer, allen Leuten zum Gespött… «

»Tante Evelyn!« rief protestierend Anne. »Du bist doch nicht verschroben!«

»Doch, doch, die Leute sind sogar davon überzeugt.«

»Ich nicht! Ich weiß, daß du klüger bist als die alle! Das hast du mir soeben bewiesen. Kann ich dein Telefon benützen?«

»Natürlich. Wozu?«

»Ich möchte eine Platzkarte im nächsten D-Zug nach Koblenz bestellen.«

Im Gesicht der gütigen alten Dame leuchtete es auf.

»Bravo, Anne, mach das! Und ich verspreche dir, daß ich in allernächster Zeit auch noch ein Wörtchen mit meinem Schwager sprechen werde. Vielleicht kann ich ihn auch zur Vernunft bringen.«

»Dein Schwager? Was hat der mit der Sache zu tun? Wer ist überhaupt dein Schwager?«

Tante Evelyn lachte.

»Dein Vater. Oder hast du vergessen, daß er mit meiner Schwester verheiratet war?«

Die Tür bei Fritz Brühe war normalerweise nur nachts verschlossen. Tagsüber konnte jeder ins Atelier hineingehen, der dazu Lust hatte, nur kurz anklopfte und auf den Ruf des Malers, einzutreten, wartete. Diese Regel hatte allerdings nur in früheren Zeiten Gültigkeit gehabt. Seit sechs Wochen war die Tür meistens auch tagsüber versperrt, und wer anklopfte, stand oft lange – oder überhaupt – vergeblich davor.

Es war an einem Freitagvormittag. Fritz Brühe lag auf seiner alten Couch und las die Zeitung. Annes Busen war korrigiert, das Bild aber immer noch nicht verbrannt worden. Nun glaubte Fritz plötzlich wieder, das ursprüngliche Maß wäre der Wirklichkeit näher gekommen. Da er aber nur auf seine Phantasie angewiesen war, ließ sich eine absolut sichere Überzeugung nicht erzielen.

Ein Geräusch drang ans Ohr des Malers. Es war jemand an der Tür. Fritz ließ die Zeitung kurz sinken, entschloß sich dann jedoch, die Lektüre fortzusetzen und dem charakteristischen Geräusch an der Tür keine Beachtung mehr zu schenken.

Es klopfte wieder.

Der Maler las, daß die Parteien einander zugesagt hätten, den nächsten Wahlkampf anständig gegeneinander zu führen. Fritz Brühe mußte lauthals lachen.

Das hörte der Mann vor der Tür. Ein drittes Klopfen von ihm war begleitet von dem Ruf: »Fritz, mach auf, ich bin's!«

Es war gar kein Mann. Die Stimme war die einer Frau und kam dem Maler bekannt vor. Er entledigte sich seiner Zeitung und erhob sich, um zu öffnen.

»Ingrid!« stieß er hervor. »Was machst du denn hier?«

Ingrid Rehbein lachte ihn an.

»Dich besuchen. Freust du dich?«

Er rührte sich nicht von der Stelle.

»Oder willst du mich nicht reinlassen?«

»Natürlich«, sagte er, den Weg freigebend. »Aber stoß dich nicht dran, wie's bei mir aussieht. Mir fehlt hier das Personal zum Saubermachen«, setzte er ironisch hinzu.

Sie blickte herum, ging zielsicher auf die Couch zu und sagte: »Hier schläfst du wohl?«

»Hat dich Koblenz wieder, Ingrid?«

»Nur vorübergehend. Ich verlasse das Nest.«

»Und wohin?«

»Nach Düsseldorf.«

»Zu Zumberg?«

»Ja. Aber sehen können wir beide uns immer wieder mal, Darling.«

Sie setzte sich auf die Couch.

»Heiratet ihr beide?« fragte er sie.

»Worauf du dich verlassen kannst. Der kommt mir nicht mehr von der Angel. Momentan hat er allerdings noch mit seinen Rippenbrüchen zu tun.«

»Rippenbrüche? Hatte er einen Autounfall?«

»Ach was, der Schang hatte ihn doch in Wehlen noch in der Mangel. Du warst kaum weg, damals, da ging das Theater erst richtig los. Wenn die junge Selzer nicht dazwischen gegangen wäre, hätte der den erschlagen.«

»Hat man ermittelt, wer den Porsche angezündet hat?«

»Ich weiß nicht, ich bin doch auch schleunigst verduftet. Der Alte war ja fürchterlich. So was von ordinär kannst du dir gar nicht vorstellen, einer Dame gegenüber. Ich glaube aber nicht, daß die Polizei Erfolg haben wird. Die sind mir dazu viel zu verschlafen dort, weißt du.«

»Kann schon sein.«

»Komm, setz dich doch neben mich.«

»Wann fährst du nach Düsseldorf?«

»Um zwölf Uhr fünfunddreißig.«

»Morgen?«

»Nein, heute noch.«

»Heute? Dann mußt du ja schon bald zum Bahnhof.«

»In dreieinhalb Stunden, Darling. Das ist noch Zeit genug. Komm her, setz dich endlich.«

Warum nicht? dachte er. Warum eigentlich nicht?

Und setzte sich…

Mit dem Eilzug, der um 12 Uhr 35 Koblenz in Richtung Düsseldorf verließ, kreuzte sich kurz vor dem Bahnhof der D-Zug, welcher um diese Zeit aus Dortmund kam. Als letzterer anhielt, blickte sich Anne Selzer aus dem Fenster ihres Waggons suchend nach einem Gepäckträger auf dem Bahnsteig um. Sie entdeckte einen einzigen, der dann von ihrem großen Koffer durchaus nicht begeistert war. Er scheute sich nicht, kurzerhand in den Streik zu treten, und war nur durch die Vorausentrichtung eines Zehnmarkscheins dazu zu bewegen, seine Tätigkeit wieder aufzunehmen und den Koffer zum nächsten Taxi auf dessen Standplatz vor dem Bahnhof zu transportieren.

Das fängt ja gut an, sagte sich Anne.

»Wohin?« fragte sie der Taxichauffeur, dem es ganz deutlich auch nicht unbedingt gefiel, sich aus seinem Sitz herauswinden und das schwere Gepäckstück im Kofferraum verstauen zu müssen.

Für absolut unzuständig empfand er sich dann, als die Aufgabe heranstand, den Koffer hinauf zur Tür eines Kunstmalers zu bringen, dessen Atelier unterm Dach eines fünfstöckigen Gebäudes lag. Anne mußte sich zum Fahrpreis hinzu zur zusätzlichen Entrichtung eines zweiten Zehnmarkscheins bereitfinden.

Annes Klingeln blieb erfolglos. Nichts rührte sich drinnen. Ihr wurde angst. Wenn der nicht da ist, was mache ich mit dem Koffer? fragte sie sich. Der Taxichauffeur hatte sich wohlweislich rasch die Treppe hinunter entfernt.

Anne läutete noch ein paarmal – wieder ergebnislos, und suchte dann Hilfe bei Frau Maria Wendelin im vierten Stock.

Frau Wendelin war eine Witwe, der nichts im Haus entging. Zum Glück war sie, als Anne bei ihr schellte, anwesend. Anne fragte sie, ob sie sich in einer kleinen Notlage an sie wenden dürfe. Für Notlagen anderer hatte Maria Wendelin, die einen betriebsamen Charakter besaß, immer etwas übrig.

»Worum geht's denn?« fragte sie freundlich.

»Ich würde Sie bitten, meinen schweren Koffer bei Ihnen einstellen zu dürfen. Ich wollte zu Herrn Brühe, aber er ist nicht da.«

»Herr Brühe?«

»Ja.«

»Er *ist* da.«

Anne guckte verwirrt.

»Sie irren sich. Ich habe vier- oder fünfmal bei ihm geläutet.«

»Vielleicht schläft er.«

»Um diese Zeit?«

»Ich könnte mir das sehr gut vorstellen.«

»So?«

»Woher kommen Sie?«

»Aus Wehlen an der Mosel. Warum?«

»Aus Wehlen!« freute sich Maria Wendelin. »Ein nettes Örtchen, ich kenne es zufällig, war mit meinem verstorbenen Mann zweimal dort. Nette Leute, die Wehlener.«

So spielt das Leben. Frau Wendelin beschloß aus Sympathie spontan, dieses hübsche, nette, naive, vom Lande kommende Mädchen vor einer viel größeren Notlage als der mit ihrem Koffer zu bewahren. Diesem lieben Kind müssen die Augen geöffnet werden, sagte sie sich.

»Sie wundern sich«, erklärte sie, »daß Herr Brühe um diese Zeit schläft.«

»Offen gestanden, ja.«

»Er hat's nötig. Er hatte bis vor einer Stunde anstrengenden Besuch.«

Anne dachte an eine Künstlerparty oder so etwas Ähnliches.

»Damenbesuch«, präzisierte Frau Wendelin.

Anne zuckte zusammen.

»Von einer Rothaarigen?« stieß sie hervor.

»Nein, einer Blonden.«

Einer Blonden? Anne ließ den Verdacht gegen Sylvia fallen.

Einer Blonden?

Plötzlich durchflutete es Anne heiß.

Ingrid Rehbein!

Dieses Luder!

Dieses unfaßbare Luder!

»Danke!« rief Anne und stürmte vor den Augen der verdutzten, kopfschüttelnden Maria Wendelin die Treppe hinauf.

Wieder ein Mensch, dem nicht zu helfen ist, dachte die zum Beistand jeder Art allzeit bereite Witwe.

Anne nahm den Finger nicht mehr vom Klingelknopf, auch nicht, als sie es drinnen rumoren hörte und eine Stimme näher kam, die rief: »Verdammt noch mal, was ist denn los?«

Die Tür ging auf, Anne zog den Finger zurück.

Unheimlich still wurde es.

Anne sagte nichts.

Sie schauten einander nur an.

Endlich, zugleich: »Anne – Frédéric!«

Er riß sie, sie ihn an sich; sie verschmolzen ineinander. Die Kleidung auf beiden Seiten, die dabei störte, hatte sich rasch verflüchtigt, gelöst, und Fritz liebte seine Anne mit einer Leidenschaft, als hätte es eine Ingrid Rehbein noch nie, geschweige denn erst vor einer Stunde, gegeben.

Ermattet lagen sie endlich nebeneinander.

»Frédéric«, sagte sie leise, »weißt du, wozu ich gekommen bin?«

»Das weiß ich jetzt sehr, sehr gut«, lachte er, schon wieder zu über ihren ganzen nackten Körper verstreuten Küssen ansetzend.

»Nicht nur dazu«, sagte sie. »Du mußt mich auch noch malen.«

Er hielt inne.

»Nicht mehr nötig, mein Engel, das ist bereits geschehen.«

»Zeig!«

Er holte das Bild herbei. Sie fand es großartig, wunderte sich über die Treffsicherheit seiner Phantasie.

»Nackt hattest du mich doch noch nicht gesehen«, sagte sie.

»Tausendmal, Anne, in meinen Träumen tausendmal!«

»Alles stimmt haargenau.«

»Buchstäblich haargenau«, grinste er.

Sie mußte auch lachen.

»Schwierigkeiten hatte ich mit dem Busen«, gab er zu. »Aber du mußt sagen, auch er stimmt.«

»Auf den Millimeter.«

»Hier«, sagte er, ihr das Bild auf den Bauch legend, »es ist dein.«

»Was kostet's?«

»Schon bezahlt! Tausendfach!«

»Danke. Wann fliegen wir nach Madrid?«

»Madrid«, erinnerte er sich. »Du hast die Karten verfallen lassen?«

Bin ich wahnsinnig? Natürlich nicht, ich habe die Buchungen rückgängig gemacht!«

»Beide?«

»Selbstverständlich, wir können sie jederzeit erneuern.«

»Du sagtest doch – «

»Sehe ich so aus, als ob ich Geld zum Fenster hinauswerfe?« unterbrach sie ihn.

»Nein«, erwiderte er, »das tust du nicht.«

»Apropos Geld, Frédéric – hat dir Vater den Scheck überwiesen?«

Er zögerte.

»Nein... aber ich wollte auch gar keinen.«

»Das sieht ihm ähnlich! Weißt du was?«

»Was?«

»Mein Anwalt wird auch die Vertretung deiner Interessen übernehmen.«

»Anne... «

»Keine Widerrede, er wird! Mit dir kämen wir an den Bettelstab, das sehe ich immer wieder. Aber nicht mit mir!«

»Das glaube ich«, sagte er überzeugt.

Anne schob das Bild weg, setzte sich auf und schloß: »Male

du! Werde ein erfolgreicher Maler? Das andere. übernehme ich!«

»Willst du denn wirklich bei mir bleiben, Anne?«

»Immer!«

»Aber wovon sollen wir vorläufig leben?«

»Von mir.«

»Dein Vater hat dich doch rausgeschmissen?«

»Wer sagt dir das?«

»Das nehme ich an.«

»Du irrst dich. Ich bin gegangen. Leben können wir gut von meinem mütterlichen Erbteil. Und wenn Vater stirbt, bekomme ich auch noch, ob er will oder nicht, alles andere.«

»Du vergißt, daß er noch einmal heiraten könnte.«

»Das glaube ich nicht. Ich kenne ihn. Nach seinen jüngsten Erfahrungen wird er von Abenteuern mit Weibern genug haben.«

Fritz schwieg.

»Ich«, faßte Anne etwas nach, »meine seine Erfahrungen mit Ingrid Rehbein.«

»Das war mir klar, Anne.«

»Ein ausgesprochenes Luder, muß ich schon sagen.«

Er schwieg.

»Siehst du sie noch, Frédéric?«

»Wen?«

»Dieses Luder.«

»Die Rehbein?«

»Ja, die.«

Er trug einen kurzen inneren Kampf mit sich aus. Er ahnte dabei nicht, wie alles noch einmal auf Messers Schneide stand.

Anne sah ihn mit ausdrucksloser Miene an. Er rang sich dazu durch, ihr die Wahrheit zu sagen.

»Anne«, setzte er mühsam an, »Anne, die war heute bei mir. – Aber nur heute, sonst nicht mehr seit Wehlen!« setzte er rasch hinzu.

Ihre Miene änderte sich nicht. »Und?«

»Was und?«

»Was passierte?«

Er gab sich verloren.

»Alles, Anne«, sagte er traurig.

Doch er war nicht verloren, im Gegenteil, Anne lächelte ihn plötzlich selig an.

»Ich wußte das, mein Liebling«, sagte sie glücklich. »Aber ich hatte Angst, daß du mich belügen würdest. Und *so* hätte unser gemeinsames Leben nicht beginnen dürfen. Ich glaube, ich hätte das nicht vertragen.«

»Du wußtest das?« antwortete Brühe erstaunt. »Von wem?«

»Von Frau Wendelin.«

»Von der im vierten Stock?«

»Ja, ich habe bei ihr geläutet, nachdem du mir nicht geöffnet hattest.«

»Diese verdammte Schnüfflerin!« begann er zu schimpfen. »Diese – «

»Sei still!« fiel sie ihm ins Wort. »Ich finde sie prima. Durch sie weiß ich nun ganz klar, wie sehr man auf dich aufpassen muß. Ich werde dich nie mehr eine Stunde allein lassen. Sollte ich einmal verreisen müssen, wird einer da sein, der dich im Auge behält.«

»Was soll denn das heißen? Wer denn?«

»Schang.«

»Schang? Ist der nicht in Wehlen?«

»Nicht mehr lange, Liebling. Wir mieten uns ein Häuschen und holen ihn zu uns. Er geht sonst dort noch ein, höre ich. Einverstanden?«

»Schon, aber nur ungern.«

»Warum ungern?«

»Das kostet doch alles Geld… dein Geld, Anne…«

»Verlaß dich drauf, ich werde jede Mark notieren und sie, wenn die Zeit kommt, von dir zurückverlangen. Tröstet dich das?«

»Ja, denn das beweist mir, daß du an mich glaubst.«

»Hundertprozentig!«

Er küßte sie, sie küßte ihn wieder, und rasch fachte das in beiden ein neues Feuer an.

Als Anne einmal reichlich unmotiviert, wie es schien, lachte, fragte Fritz sie, innehaltend: »Was ist? Was amüsiert dich?«

»Ich mußte lachen.«

»Das sehe ich. Warum?«

»Ich dachte an die Rehbein.«

»An die? Jetzt?«

»Was erst, frage ich mich, hättest du mit mir angestellt, wenn die nicht heute schon bei dir gewesen wäre?«

Heinz G. Konsalik

Bluthochzeit in Prag
Roman. (41325)

Liebe am Don   Roman. (41324)

Heiß wie der Steppenwind
Roman. (41323)

**Wer stirbt schon gerne unter
Palmen… Band 1: Der Vater**
Roman. (41230)

**Wer stirbt schon gerne unter
Palmen… Band 2: Der Sohn**
Roman. (41241)

Die Straße ohne Ende
Roman. (41218)

Tal ohne Sonne   Roman. (41056)

Kosakenliebe   Roman. (9899)

Schlüsselspiele für drei Paare
Roman. (9837)

Leila, die Schöne vom Nil
Roman. (9796)

Geliebte Korsarin   Roman. (9775)

Das goldene Meer   Roman. (9627)

Engel der Vergessenen   Roman.
(9348)

Im Tal der bittersüßen Träume
Roman. (9347)

Liebe auf dem Pulverfaß
Roman. (9185)

Duell im Eis
Roman. (8986)

Promenadendeck   Roman. (8927)

Sommerliebe   Roman. (8888)

Der Gefangene der Wüste
Roman. (8823)

Wilder Wein   Roman. (8805)

Die strahlenden Hände
Roman. (8614)

Wer sich nicht wehrt…
Roman. (8386)

Im Zeichen des großen Bären
Roman. (6892)

Ein Kreuz in Sibirien
Roman. (6863)

Schwarzer Nerz auf zarter Haut
Roman. (6847)

Die Liebenden von Sotschi
Roman. (6766)

Wie ein Hauch von Zauberblüten
Roman. (6696)

Das Herz aus Eis
Die grünen Augen von Finchley
Zwei Kriminalromane in einem
Band. (6664)

Unternehmen Delphin
Roman. (6616)

GOLDMANN

Heinz G. Konsalik

GOLDMANN